Es gibt Frauen, die ewig jung bleiben, weil sie die Welt zu früh verlassen haben – so wie Bettys Maman. Es gibt Frauen, die das Älterwerden einfach hinnehmen, weil sie ganz andere und wichtigere Probleme im Leben haben – so wie die neue Frau von Bettys Papa. Es gibt Frauen, die krampfhaft versuchen, an ihrer Jugend festzuhalten – so wie Bettys Freundin Odette, die panische Angst davor hat, dass ihr Mann sich in eine jüngere Frau verlieben könnte. Und es gibt Betty. Was ihr passiert, ist der Traum von vielen. Doch für Betty und ihre Familie gerät ihre ewige Jugend zur Zerreißprobe.

Grégoire Delacourt wurde 1960 im nordfranzösischen Valenciennes geboren und lebt mit seiner Familie in Paris. Sein Bestseller *Alle meine Wünsche* wurde in fünfunddreißig Ländern veröffentlicht. Im Atlantik Verlag erschienen von ihm der *Spiegel*-Bestseller *Die vier Jahreszeiten des Sommers* (2016), *Der Dichter der Familie* (2017) und *Das Leuchten in mir* (2018).

Katrin Segerer, geboren 1987, studierte in Düsseldorf Literaturübersetzen und überträgt seither Literatur für Kinder, Jugendliche und Erwachsene aus dem Englischen und Französischen.

Grégoire Delacourt

Die Frau, die nicht alterte

Roman

Aus dem Französischen
von Katrin Segerer

Atlantik

Die Originalausgabe erschien 2018 unter dem Titel
La femme qui ne vieillissait pas bei JC Lattès, Paris.

Die Übersetzerin dankt dem Deutschen Übersetzerfonds
und dem Europäischen Übersetzerkollegium Straelen
für die Unterstützung ihrer Arbeit.

Das Zitat auf Seite 56 stammt aus: Charles Baudelaire, »Der
Heautontimoroumenos«. In: *Die Blumen des Bösen*. Übersetzt von
Monika Fahrenbach-Wachendorff. Stuttgart, Reclam Verlag 1992.

Das Zitat auf Seite 135 stammt aus: Arthur Rimbaud, »Ophelia«.
In: *Sämtliche Dichtungen*. Aus dem Französischen von
Thomas Eichhorn. München, dtv 1997.

Atlantik Bücher erscheinen im
Hoffmann und Campe Verlag, Hamburg.

HOFFMANN
UND CAMPE

Ein Unternehmen der
GANSKE VERLAGSGRUPPE

Für meine Mutter –
sie altert schon viel zu lange nicht mehr
und liebte die Sieben

La femme qui est dans mon lit
N'a plus vingt ans depuis longtemps (…)
Et c'est son cœur
Couvert de pleurs
Et de blessures
Qui me rassure.

Die Frau dort vor mir in den Laken
Ist längst schon keine zwanzig mehr (…)
Es ist ihr Herz
Von tiefem Schmerz
Und Leid zerschrammt
Das mich entspannt.

Georges Moustaki, *Sarah*

Eins bis fünfunddreißig

Mit einem Jahr sah ich genauso alt aus, wie ich war.

Ein bezauberndes Zweiglein von vierundsiebzig Zentimetern, mit einem Idealgewicht von neun Komma drei Kilo und einem Kopf von sechsundvierzig Zentimetern Umfang, der mit blonden Locken und bei Wind zusätzlich mit einem Mützchen bedeckt war.

Seitdem ich abgestillt war, trank ich einen halben Liter Kuhmilch pro Tag. Meine Kost war um ein paar Gemüsesorten, Sättigungsbeilagen und Proteine reicher geworden. Als Snack zwischendurch gab es selbst gemachtes Fruchtkompott, manchmal mit Stückchen, die auf der Zunge zerschmolzen wie Sorbet.

Mit einem Jahr tat ich auch meine ersten Schritte, davon existiert ein Beweisfoto. Und während ich wie ein tollpatschiges Rehkitz herumhüpfte und über Teppiche und gegen den Couchtisch stolperte, segneten Colette und Matisse das Zeitliche, Simone de Beauvoir erhielt den Prix Goncourt, und Jane Campion kam zur Welt, ohne zu ahnen, dass sie mich neununddreißig Jahre später tief bewegen würde, indem sie ein Klavier an einen neuseeländischen Strand stellte.

Mit zwei Jahren war meine Wachstumskurve der ganze Stolz meiner Eltern und des Kinderarztes.

Mit drei Jahren ergänzten vier große Backenzähne die Sammlung in meinem Mund, die schon acht Schneidezähne, vier kleine Backenzähne und vier Eckzähne umfasste. Trotzdem mahlte Maman mir auch weiterhin alle Nüsse und Mandeln, damit ich mich nicht verschluckte.

Ich maß inzwischen fast einen Meter, sechsundneunzig Zentimeter, um genau zu sein, und mein Gewicht war statistisch bemerkenswert: vierzehn Kilo, gleichmäßig verteilt. Mein Kopfumfang betrug laut Untersuchungsheft zweiundfünfzig Zentimeter, und Papas Einsatz in Algerien wurde verlängert. Er schickte uns traurige Briefe und Fotos von sich im Kreis seiner Freunde – sie rauchen, lachen fröhlich oder lächeln melancholisch, sind zweiundzwanzig, fünfundzwanzig, sechsundzwanzig Jahre alt und wirken wie Kinder, die sich als Erwachsene verkleidet haben.

Als würden sie nicht mehr altern.

Mit fünf Jahren war ich eine echte Fünfjährige. Ich rannte, sprang, radelte, tanzte, kletterte, war fingerfertig, konnte gut malen, diskutierte gerne, interessierte mich für alles, warf mit Kraftausdrücken um mich, zog mich an wie eine Siebenjährige und war stolz darauf. In Algier gab es einen Staatsstreich, und Papa kam zurück nach Hause.

Ihm fehlte ein Bein, und ich erkannte ihn nicht wieder.

Mit sechseinhalb Jahren fielen mir die Schneidezähne aus, und mein Lächeln wurde zur dümmlichen Grimasse. Eisengeschmack im Mund, die kleine Maus, die mir ein paar Francs unters Kopfkissen legte.

Mit acht Jahren war ich hundertvierundzwanzig Zentimeter groß und wog zwanzig Kilo. Ich trug Jerseyblusen, Karoröcke, Bubikragen und sonntags ein Kleid aus Seidentaft. Auf meinem Haar saßen Schleifen wie Schmetterlinge. Maman fotografierte mich gerne, sie sagte immer, Schönheit sei nicht von Dauer, sie entfliege wie ein Vogel einem Käfig, es sei wichtig, sich an sie zu erinnern, ihr zu danken, dass sie uns auserwählt hat.

Maman war meine Prinzessin.

Mit acht Jahren wurde ich mir meiner sexuellen Identität bewusst.

Ich konnte Traurigkeit und Enttäuschung, Freude und Stolz, Wut und Eifersucht unterscheiden. Ich war traurig, weil Papa mich trotz seiner neuen Prothese nicht auf den Schoß zu nehmen wagte. Ich freute mich, wenn er gute Laune hatte. Dann spielte er Long John Silver, erzählte mir von Schätzen, Meeren und Wundern. Ich war enttäuscht, wenn er Schmerzen hatte, wenn er schlecht gelaunt war, wenn er sich in den jähzornigen und bedrohlichen Long John Silver verwandelte.

Mit neun Jahren lernte ich in der Schule, wie die Menschen sich am Vorabend der Revolution fortbewegt hatten, wie Léon Gambetta mit einem Heißluftballon aus Paris geflohen war, und über unseren Köpfen kreiste ein Russe durchs All – später sollte ein zweihundertfünfundsechzig Kilometer großer Mondkrater nach ihm benannt werden.

Mit zehn Jahren sah ich haargenau aus wie eine Zehnjährige. Ich träumte von einem Pony wie Jane Banks aus *Mary Poppins* – den Film hatten wir alle zusammen im Cinéma Le Royal geschaut. Und von einem Geschwisterchen, aber Papa wollte kein Kind mehr in diese Welt setzen, die Kinder tötete.

Er redete nie über Algerien.

Er hatte eine Anstellung als Glaser gefunden – »als

Seiltänzer auf der Trittleiter«, sagte er lachend, »von einem Bein weniger lasse ich mich doch nicht unterkriegen!« Er stürzte oft, schimpfte auf das fehlende Bein, und jede erklommene Sprosse war ein Erfolg, »ich tue es für deine Mutter, damit sie merkt, dass ich kein Krüppel bin.« Er schaute sich gern bei den Leuten zu Hause um, beobachtete sie. Es beruhigte ihn, dass das Leid überall war. Dass auch andere Jungen in seinem Alter mit unheilbaren Wunden aus Algerien heimgekehrt waren, mit herausgerissenen Herzen, versiegelten Lippen, festgeklebten Lidern, um die Gräuel nicht noch einmal durchleben zu müssen.

Er verglaste das Schweigen, verschloss es wie eine Verletzung.

Maman war schön.

Manchmal kam sie mit roten Wangen nach Hause. Dann zerschlug Long John Silver einen Teller oder ein Glas, nur um sich gleich darauf unter Tränen für seine Tollpatschigkeit zu entschuldigen und die Scherben seines Kummers aufzufegen.

Mit zehn Jahren maß ich hundertachtunddreißig Komma drei Zentimeter und wog zweiunddreißigeinhalb Kilo, meine Körperoberfläche betrug fast einen Quadratmeter – ein Atom im Universum. Ich war anmutig, trällerte *Da Doo Ron Ron* und *Be Bop A Lula* in der gelben Küche, um meine Eltern zum Lachen zu bringen, und eines Abends nahm Papa mich auf sein Bein.

Mit zwölf Jahren begannen meine Brüste zu wachsen.

Dank einer gewissen Mary Quant aus England trug Maman nun Röcke, die ihre Knie entblößten und später auch einen Großteil der Schenkel. Ihre Beine waren lang und blass, und ich betete, dass meine später einmal genauso aussehen würden.

Manchmal kam sie abends gar nicht nach Hause, aber Papa zerschlug kein Geschirr mehr.

Bei seiner Arbeit lief es gut. Er reparierte nicht länger nur Rahmen oder ersetzte Scheiben, die durch Unwetter oder böse Absicht zu Bruch gegangen waren, sondern baute auch Fenster in all die modernen Häuschen ein, die rings um die Stadt aus dem Boden schossen und neue Familien, Automobile, Kreisverkehre und Gauner anlockten.

Am liebsten hätte er unsere Wohnung aufgegeben und wäre ebenfalls in eins dieser Häuschen gezogen. »Die haben Gärten und große Badezimmer und voll ausgestattete Küchen«, erzählte er, »deine Mutter wäre glücklich.« Das war alles, was er wollte. Bis es so weit wäre, tröstete er sich mit einem Grandin-Caprice-Fernseher, und wir schauten gebannt Spielshows und Musiksendungen, *Le Mot le plus long*, *Le Palmarès des chansons*, ohne ein Wort über sie zu verlieren, ohne auf sie zu warten, ohne Freude.

Dann wurde ich dreizehn.

An einem Abend im Frühsommer ging Maman mit einer Freundin ins Royal, um das neueste Werk eines jungen neunundzwanzigjährigen Filmemachers zu sehen, *Ein Mann und eine Frau*.

Als sie das Kino verließ, lachte sie, sang, tanzte auf der Straße, und ein ockergelber Ford Taunus erfasste sie.

Sie hatte gerade erst ihren fünfunddreißigsten Geburtstag gefeiert.

Ich hatte sie für unsterblich gehalten.

Mit dreizehn Jahren bin ich urplötzlich gealtert.

Mir war kalt.

Das Zimmer war schlecht beleuchtet, und Maman lag auf einem ziemlich hart wirkenden Bett, die langen Beine, der Körper unter einem weißen Laken. Ihre Schönheit war noch da, sie selbst war entflogen. Später habe ich erfahren, wie die Bestatter dieses friedliche Bild, die Illusion des Lebens erschaffen: subkutane Injektionen, um das erschlaffte Fleisch – Ohrläppchen, Wangen, Kinn – aufzupolstern und das natürliche Aussehen des Gesichts wiederherzustellen. Damit konnte man den Verstorbenen auch neue Rundungen verleihen, falls sie vor ihrem Ableben viel Gewicht verloren hatten.

Das war bei Maman nicht der Fall. Sie war einfach fortgerissen worden. Abgetrennt.

Papa weinte. Ich umschlang seinen großen, einbeinigen Piratenkörper. Wir wärmten einander in der Stille.

Ich weinte nicht, weil Maman mir eingebläut hatte, dass Tränen hässlich machen.

Irgendwann schlüpfte Papa aus seinem Mantel und deckte Maman damit zu. »Sonst verkühlt sie sich noch«, sagte er, dabei verkühlte er sich an jenem Tag.

Sein Herz erstarrte zu Eis.

Ich traute mich in diesem schrecklichen Raum nicht,

mit Maman zu reden – in einer dunklen Ecke ein Strauß geruchloser, taufreier Plastikblumen, ein Buch für Klagerufe, die sie niemals lesen würde, das röchelnde Hicksen der Klimaanlage.

Die Worte stauten sich in meiner Brust, erstickten in meiner Kehle, entwichen meinen Lippen in einer wattigen Wolke, ich verabschiedete mich von ihr, als würde ich in den Krieg ziehen, und zog hinaus auf die Straße, zum Lärm der mörderischen Autos, der Wärme des Frühlings, dem Geruch des nahenden Sommers, und plötzlich war Papa neben mir, eine mächtige Eiche.

Im Café an der Ecke orderte er ein gewaltiges Glas Bier und leerte es in einem Zug. Ich trank einen Diabolo. Anschließend bestellte er einen Kir, ihr Lieblingsgetränk, das er auf dem Tisch stehen ließ, und als der Schwips und der Schmerz sich vermischten, stieß er hervor: »Sie ist nicht erst fort, seit sie nicht mehr da ist.«

Mit dreizehn Jahren begriff ich, was Einsamkeit bedeutet.

Später kam die Familie. Mamans Bruder aus Talloires, der Rallyewagen zusammenschraubte, in Begleitung einer Frau, die nicht die seine war – sie hatte Ähnlichkeit mit der Sängerin des Sommerhits *La Maison où j'ai grandi*, den Maman und ich immer hysterisch in unsere Kochlöffelmikros gebrüllt hatten. Und Papas Eltern aus Valenciennes, mit Haut so fahl wie der Himmel im Norden und Augen so dunkel wie Schiefer; sie waren zusammengewachsen, zwei Seepocken auf einem Felsen. Sie machten sich Sorgen um ihren Sohn. »Wird bestimmt nicht leicht, wieder wen zu finden mit dem Mädel und bloß einer Stelze«, sagte der eine. »Verflucht schwer«, bestätigte die andere.

Und das war's.

Unsere Familie war eine vom Aussterben bedrohte Art. Eine Blume, die sich am Morgen nicht mehr öffnete.

Nach der Beerdigung gab es einen Leichenschmaus bei uns zu Hause, und Mamans Freunde brachten Kuchen und Andenken mit, weil man sich an das Schöne erinnern muss, um sich aufrecht zu halten. Am Leben zu bleiben.

Marion, mit der Maman den Film von Claude Lelouch gesehen hatte, schenkte mir ein Foto. Es war ein Farbbild, ein Schnappschuss, aufgenommen mit einer Polaroid-Kamera. Maman vor dem Royal. Maman, die mich anlächelt. Maman mit ihrem roten Pony und dem Cardin-Kleid. Zwei Stunden vor dem Ford Taunus. Schön. So schön. Unsterblich schön.

Mit dreizehn Jahren erfuhr ich am eigenen Leib, dass Schönheit nicht von Dauer ist.

Mit fünfzehn Jahren wirkten sich meine pubertären Hormone zum Glück nicht auf meine Laune, meine seelische Verfassung oder mein Verhalten aus.

Ich fühlte mich nicht unwohl in meiner Haut, war weder aggressiv noch rebellisch noch aufgedreht noch überempfindlich noch rührselig – obwohl ich zugegebenermaßen am Ende von *Die Reifeprüfung* bitterlich weinen musste, als Dustin Hoffman »Elaine! Elaine! Elaine!« schrie, aber das hatte andere Gründe.

Mit fünfzehn Jahren war ich zu einem bildhübschen jungen Mädchen herangewachsen, in grausamer Abwesenheit meiner Mutter, ohne ihre Ratschläge in Sachen Mode, Make-up oder erste Enthaarungsversuche. Niemand sagte mir, was ich dürstenden Männern in Papas Alter erwidern sollte, die mich auf eine Limonade einladen wollten, oder den charmanten, übereifrigen, ungeschickten Jungs in meinem Alter, die von Unbekanntem, Zufällen und vor allem von Brüsten träumten und mit stockender Stimme den neuesten Dylan zum Besten gaben: *I'll Be Your Baby Tonight.*

Maman hatte nicht genug Zeit gehabt, um mir vom Hunger der Männer, vom Seufzen der Frauen zu erzählen.

Mit fünfzehn Jahren litt ich zum ersten Mal an Liebeskummer.

Ich schrieb einen Abschiedsbrief an meinen Peiniger und einen zweiten an die Welt, die mich ganz offensichtlich kein bisschen verstand.

Dann klaute ich Papa eine in Wachspapier eingewickelte Rasierklinge. Als ich sie packte, quoll ein Blutstropfen aus meiner Daumenkuppe, ich erstarrte, und alles kehrte wieder zur Normalität zurück.

Ich vermisste Maman. Ihre Arme, ihr Atem hatten mich verwaist zurückgelassen, mir fehlte jede ihrer Poren, jedes Haar, jede Silbe, die sie mir nicht hatte schenken können. Genau wie Papa lief ich nur noch auf einem Bein.

Das seine trug ihn schließlich zu Françoise, vierzig, geschieden, ein Sohn – Michel – in meinem Alter. Die freundliche Verkäuferin aus dem Schuhgeschäft Chat Noir bei den alten Halles war entsetzt darüber, dass Papa immer gleich ein Paar kaufen musste, obwohl er nur den linken anzog. Dieses Entsetzen ließ sein Eisherz antauen, ein paar Verheißungen, warmen Wind und andere Annehmlichkeiten eindringen, und er nahm, wenn man so will, das Bein in die Hand und stürzte sich in ihre offenen Arme.

Mit sechzehn Jahren wuchs ich weiter.

Ich war jetzt einen Meter fünfundsechzig groß, wog zweiundfünfzig Kilo – Hosen saßen an mir wie an Twiggy, zumindest laut der Verkäuferin der Nouvelles Galeries – und trug einen toupierten Pferdeschwanz. In Paris flogen die Pflastersteine, man verbot das Verbieten, schrie nach Liebesspielen statt Kriegslust, und das unterstützte ich voll und ganz, o ja! Ein hübscher, ein wenig älterer Junge hatte es mir nach ein paar Küssen und einer gewagten Berührung sogar schon vorgeschlagen, aber ich hatte mich noch nicht getraut zu verschenken, was ich nur einmal verschenken konnte.

In diesem Jahr wurden die Abiturprüfungen wegen des allgemeinen Chaos mündlich abgehalten, und die überwiegende Mehrheit der Gymnasiasten hatte zu Beginn des Sommers den Abschluss in der Tasche.

Im September heiratete Papa Françoise. Michel wurde mein Stiefbruder. Alles an ihm war düster. Er schaute mich an, ohne mich zu sehen. Wir waren nie Freunde geworden, blieben Bekannte.

Schließlich zogen wir doch noch in die Vorstadt, in eins der Häuschen mit Garten, großem Badezimmer, voll ausgestatteter Küche und Gaskamin, in dem Maman laut Papa glücklich gewesen wäre. Aber das war vor allem gewesen. Vor Anouk Aimée. Vor Jean-Louis Trintignant. Vor dem Strand, dem weißen Mustang und der Musik von Francis Lai.

Mit fast siebzehn Jahren verliebte ich mich Hals über Kopf in Steve McQueen, als ich *Bullitt* im Royal sah, und in Jean-Marc Delahaye, als er *Mamy Blue* auf der Gitarre spielte. Es war einfacher, mich dem Zweiten hinzugeben.

Das Ganze fand bei ihm statt, in seinem schmalen Bett im kleinen Jungenzimmer mit den Stickern von Castrol, MV Augusta und Yamaha an der Tür und den Postern des Rennfahrers Giacomo Agostini an der Decke – Romantik pur. Als Jean-Marc sich glücklich und zuvorkommend zurückzog und in Worte zu fassen versuchte, was wir gerade erlebt hatten, schlüpfte ich eilig in meine Klamotten und flüchtete.

Draußen auf der Straße lachte, sang und tanzte ich, ein heranrasendes Auto wich hupend aus, und ich wusste, dass du, Maman, mir an diesem Tag ganz nah warst, dass du mit mir getanzt hast, dass ich deine Freundin geworden bin.

Ich kam mit roten Wangen nach Hause, aber Long John Silver zerschlug nichts.

Er meinte nur: »Du wirkst außer Atem, Martine« – Gott, wie ich meinen Vornamen hasste –, und ich fing an zu schluchzen, antwortete, dass Maman mir fehle, dass es immer noch genauso wehtue, und er stand auf, schenkte einen Schluck Cassissirup in ein Glas, füllte es mit Weißwein auf und stellte es auf den Tisch. Er sagte: »Es tut mir leid, Martine, ich gebe mir Mühe«, er sagte: »Ich weiß, dass man nur eine Maman hat«, und einen Moment lang war sie bei uns.

Dann kamen Françoise und Michel. Wir deckten den Tisch, ich wärmte das Gratin auf, machte einen Salat, und die Worte flogen zwitschernd hin und her – Françoise erzählte von ihrem Tag im Chat Noir, Papa lauschte ihr lächelnd, Michel schwärmte von einer Mobylette, die er irgendwann einmal besitzen wollte, »mit automatischer Dimoby-Kupplung und Drehmomentwandler, fast dreiundfünfzig Kilometer pro Stunde, stell dir vor, Henry!«, und Papa nickte wohlwollend, während er mich verstohlen anschaute. In seinem Blick erkannte ich zum ersten Mal, dass er mich liebte, so gut er konnte.

Michel und ich hielten möglichst viel Abstand voneinander, nicht aus Bosheit, sondern aus Gleichgültigkeit.

Die feinfühlige Françoise ihrerseits nahm immer Papas rechten Arm, ging auf der Seite, auf der sein Bein in der Nähe von Palestro in der Kabylei von einer Haubitze fortgerissen worden war. Sie war seine Krücke. Sie war sein Flügel.

Papa liebte sie, aber diese Liebe, das wurde mir nach und nach klar, war anders als das Verzehren, das ihn mit Maman verbunden hatte.

Mit Maman war die Liebe ein Schmiedeofen gewesen, Eisen, auf das man einhämmert, Raserei, Funken, Brandwunden, Balsam. Eine grenzenlose Leidenschaft, bis zum algerischen Kugelhagel – der Körper kehrte zurück, hatte aber allen Taumel, allen Jubel verloren. Die Lust war der Stille gewichen. Die Impotenz zerfraß Papa. Und wenn Maman abends mit roten Wangen nach Hause kam, nicht weil sie ihren behinderten Mann betrogen hätte, sondern weil sie die Pein gebannt hatte, fachte das fehlende Bein ihn an. Er versuchte, die Glut mit Alkohol zu löschen, aber die Wunden schwelten weiter. Ich glaube, er schrie, weil er Angst hatte. Er zerbrach Dinge, weil sein Körper zerbrochen war. Weil sein Herz in Scherben lag.

Mit siebzehn Jahren sah ich, wie mein Vater endlich sein Lächeln wiederfand.

Dann Lille.

Die Université Catholique, das erste Studienjahr Literaturwissenschaften im sehenswerten Gebäude in der Rue Jean-Bart.

Ich war fast achtzehn, trug flatternde Röcke, die manchmal meine langen, blassen Beine entblößten – danke, Maman –, beschäftigte mich mit dem Theater des achtzehnten Jahrhunderts, Goldoni, Favart, Marivaux, der Semiotik des Bildes und Latein.

Abends trafen sich etwa zwanzig von uns im neu eröffneten Pubstore mit seiner lustigen, bullaugendurchlöcherten Kupferfassade. Dort trank ich meine ersten Cocktails, rauchte meine ersten Zigaretten und ein bisschen Gras, begegnete Träumern, die die Welt und die Grenzen der menschlichen Seele erweitern wollten. Zwei von ihnen schloss ich vorübergehend in die Arme, aber nie ins Herz, und dann kam Christian mit seinem Charme, den glänzenden Augen, für die ich trotz der sorgsam ausgewählten Kleider, der violett oder grün oder blau bemalten Nachthimmellider, der glossigen Lippen, die zum Küssen einluden, trotz der brennenden Haut unsichtbar war – die tiefe Wunde der Gleichgültigkeit.

So schwankte ich durch die Tage und Nächte, das Leben erschien mir endlos, und diese Unermesslichkeit war berauschend. Wir entdeckten amerikanische Independentfilme im Kino-Ciné, diskutierten bis zum Morgengrauen über Vietnam, hörten Joan Baez und *Ohio* von Neil Young in Dauerschleife, glaubten, wir könnten die Welt verändern, Wörter wie *Leid, Hunger, Ungerechtigkeit* aus Wortschätzen streichen, aber Leid, Hunger, Ungerechtigkeit waren weit weg, auf der anderen Seite der Erde, jenseits der Meere – wie eine Oper, die wir nicht richtig begriffen.

Jedes Wochenende fuhr ich nach Hause. Im Zug entfloh ich dem Studium und verwandelte mich wieder in eine oberflächliche Fastachtzehnjährige. Ich bewunderte die Bilder von Liz Taylor, Ursula Andress, Raquel Welch in Filmzeitschriften, die ihre Schönheit für immer festhielten, vor den Krallen der Falten, den Schatten des Schreckens bewahrten. Das ließ mich träumen, denn niemand mag Verfall. Durch ihn fühlen wir uns sterblich.

Mamans Schönheit würde nie entfliegen.

Die Zeit zu Hause verbrachte ich mit Françoise und Papa – er war begeistert von seiner neuen Beinprothese mit Gelenk, auch wenn er das Knie nur mit Hilfe der Hände beugen konnte –, faule, friedliche Stunden mit vorstädtischen Ansichten. Einmal redeten wir über das vor kurzem veröffentlichte Manifest von 343 Frauen, die für die Legalisierung der Abtreibung eintraten, und Françoise hob belustigt die Schultern und verkündete, dass es niemals so weit kommen würde, dass man auf keinen Fall die Ermordung von Babys erlauben würde. Ich erwiderte nichts, erzählte nicht von den Zeiten, die sich änderten, vom Rückenwind, der den Frauen Flügel verlieh, weil es nichts bringt, immer recht haben zu wollen.

Michel und seine kleine Rowdybande heizten auf ihren Mobylettes mit dreiundfünfzig Kilometern pro Stunde über die Landstraßen, tauchten uneingeladen auf Tanzabenden und Hochzeiten auf, prügelten und wüteten. Mein Stiefbruder hatte sich für das Zwielicht entschieden und brachte seine Mutter oft zum Weinen. Ich hatte meine Maman verloren, Françoise verlor ihr Kind.

Schließlich kam mein achtzehnter Geburtstag und mit ihm André.

Mein achtzehnter Geburtstag. Eine wahrhaft achtzehnjährige Ausstrahlung, der Geruch nach frisch geschnittenem Gras, ein Meter siebzig – meine endgültige Größe –, zweiundfünfzig Kilo – »hmpf, ein bisschen mager, Martine«, bemerkte Long John Silver, »hier, nimm dir noch was von den Nudeln, die sind richtig gut« –, ein kurzer Bubihaarschnitt wie Jean Seberg in *Die heilige Johanna*, sehr modern und jungenhaft, und das gefiel mir unheimlich, makellose Haut, weich und zartrosa wie die eines Babys. Unverschämte, jubilierende achtzehn, die ich genoss, ohne mein Glück wirklich zu schätzen zu wissen. Frauen im Alter, das Maman inzwischen erreicht hätte, musterten mich wie eine Erinnerung, die Asche längst entflogener Tage, manche lächelten mich an, andere senkten die Augen wie vor einem Unglück, einer Narbe. Sorglose achtzehn, die Verkäuferin der Nouvelles Galeries hatte mich ermuntert, gewagtere, kräftigere Lippenstifte auszuprobieren, »Blutstropfen, die die Männer auflecken wollen«, hatte sie mir mit Gänsehaut auf den nackten Armen zugeflüstert, und ich legte das Kussrot auf und dachte bei mir, dass es Maman auch gefallen hätte, dass sie mir dazu noch einen dicken schwarzen Lidstrich empfehlen würde, wie ihn all die Sängerinnen, Schauspielerinnen trugen, deren Blicke Herzen durchbohrten. Ich mochte dieses Schweben zwischen zwei Ichs, ohne jeden Zwiespalt, in einem perfekten Gleichgewicht, das nicht von Dauer war, das wusste ich, aber das einen ganz neuen, flüchtigen Reiz hatte, so vergänglich wie Schnee. Ich kostete es aus, wie ich später, vor dem Schmerz, dem Albtraum, die Beständigkeit auskosten würde, die Illusion, dass sich nichts ändert und dass das wahre Glück in der Reglosigkeit liegt. Ich lächelte, während ich alleine dahinschlenderte, ohne dass irgendjemand mich für schwachsinnig hielt, ich lächelte, als ich in die Straßenbahn stieg, als ich ein Kleid im Schaufenster bewunderte, als André mich draußen vor der Uni ansprach und fragte, warum ich lächeln würde, und ich ihm nur mit einem noch breiteren Lächeln antworten konnte. André war weder der Allerschönste noch der Allerhässlichste, er hatte liebenswert traurige Augen, einen sanften Blick auf die Welt, wie ein Gebet, ein Flüstern, wie Gene Kellys Blick, als Françoise Dorléac in den Musikladen kommt, hypnotisierend, klar. Die entscheidendsten Begegnungen sind wohl immer die schlichtesten, reiner Zufall, ein unaufmerksamer Moment, und schon hat der andere sich eingenistet und wärmt uns, obwohl uns gar nicht kalt war. André trat mit seinen traurigen Augen in mein Leben, und ich ging nicht zu meinen Kursen, sondern spazierte mit ihm durch Vieux-Lille und fühlte mich wieder, wie Maman sich nach dem Royal, Anouk Aimée und Jean-Louis Trintignant gefühlt haben musste, ich hatte Lust zu tanzen, und André nahm meine Hand und legte mit mir einen Pas de deux auf der Rue de la Monnaie hin, ein paar Passanten lächelten, »ach, die Liebe!«, beinahe hätten sie uns ihr Kleingeld hingeworfen, und zum ersten Mal entdeckte mein Körper das Nichts, zum ersten Mal erfüllten Angst und Flammen mein Inneres, und die achtzehnjährige Sorglosigkeit bekam gleich am Morgen meines Geburtstags Risse.

André versuchte an jenem Tag nicht, mich zu berühren oder zu küssen, er machte mir keine Versprechungen, lud mich nicht einmal zu einem Kaffee, einer heißen Schokolade, einem Glas Wein ein, nein, er öffnete nach unserem Tänzchen die Hand, ließ die meine entfliegen und sagte, nun seinerseits lächelnd: »Wenn wir uns nicht wiedersehen, dann bin ich wahrscheinlich tot«, und ich war sofort hin und weg von diesem Satz. Er verschwand in den warmen Gassen, und ich blieb allein zurück, ausgehungert und übervoll, und der Geruch nach Milch und Puderzucker mit sechs, nach Minzdiabolo mit elf, nach meiner ersten Regelblutung mit dreizehn, mein Schmerz, diesen Moment allein durchleben zu müssen, der Cassisduft hinterm Ohr mit fünfzehn, wie ein Parfum, ein Tropfen Maman, gut versteckt, und später die ersten Zigaretten und Küsse, all das glitt von mir ab und lief in einem Bächlein über den Bürgersteig. Plötzlich war ich funkelnagelneu, unberührter Schnee, ich hatte ein Feuer gefunden, mit dem ich nie wieder frieren würde, und ich fing an zu lachen, das Lachen eines Neugeborenen, eine Offenbarung.

André also.

Ein Zauber. Ein Fels, der den Lauf des Flusses ändert.

Wir sahen uns zwei Wochen später wieder, bei Discorde, wo ich ein paar Singles gekauft hatte. Diesmal gingen wir etwas trinken. Wir betraten das Café auf dem Grand-Place am Nachmittag und verließen es erst mitten in der Nacht, nachdem wir uns stundenlang über unsere kleinen, gewöhnlichen, sprühenden Leben unterhalten hatten.

Seine Familie: Bauern aus Cambrésis. Zwanzig Hektar Futterbau. Einige Tiere. Kurze Nächte, raue Hände, schwarze Fingernägel, gegerbte Haut wie altes, rissiges Leder. Niemals Ferien, niemals Maiglöckchen am 1. Mai, immer nur die Erde, die launische, fordernde Erde, und das Meer, ein Mal, ein einziges Mal, »an meinem siebten Geburtstag«, erzählte er, »aber nicht das richtige Meer, der Strand von Argales in Rieulay, feiner Sand am Ufer eines künstlichen Sees am Fuß einer ehemaligen Berghalde. Meine Eltern wollten mich nicht enttäuschen, also haben sie behauptet, es gebe an jenem Tag keine Wellen, wegen der Planeten oder irgendwas, ich weiß es nicht mehr, aber ich habe ihnen geglaubt, obwohl das Wasser nicht salzig war, ach ja, meinte mein Vater, das hängt von den Strömungen, den Gezeiten, ja, sogar vom Mond ab, André, das ist alles sehr kompliziert. Erst später habe ich begriffen, dass sie mir eine ganz besondere Erinnerung schenken, mir beibringen wollten, dass man mit Phantasie überallhin reisen, jede Kindheit bereichern kann. Sie beklagten sich nie, weder über den Schnee noch über den Regen, der alles verfaulen ließ, sie pflügten und ackerten, formten die Erde wie Bildhauer, pflegten sie wie eine Geliebte, sprachen mit ihr, dankten ihr für die reiche Ernte, trösteten sie, wenn sie im Frost erstarrte. Sie mochten, dass die Zeit ihre Spuren hinterlässt, warteten auf den Frühling wie auf die Absolution. Man hat ihnen Märchen erzählt, ihnen eingeredet, dass sich eines Tages alles auszahlen würde, ihnen Ruhm und Ehre versprochen, weil sie ihr Leben der Erde verschrieben haben, man hat ihnen Kredite gewährt, im Namen der Gemeinsamen Agrarpolitik, die sie zu reichen, stolzen Menschen machen sollte, ja, man hat ihnen viel Geld geliehen, ihnen und anderen, aber das waren am Ende nur falsche Fuffziger, weil die gefräßigen Banken gekommen sind und sich alles wiederholt, ganze Familien ausgelöscht, Stammbäume gefällt haben. Ferienhäuser wucherten wie Tumore, die Franzosen wollten Gärten, Gemüsebeete, Grills, Planschbecken, um sich die freie Zeit zu vertreiben, das Militär forderte den Causse du Lazac zurück, und plötzlich waren die Bauern die Bösen, die Störenfriede, alles redete über die amerikanischen Soldaten, die gebrochen aus Vietnam heimkehrten, aber niemand sah die Verstümmelten, die Abgehängten bei uns. In den Augen meiner Eltern ist etwas erloschen, und an meinem sechzehnten Geburtstag hat mein Vater mich mit ernster Miene gebeten fortzugehen. Er glaubte nicht mehr an eine Erde, die die

Menschen zerreißt, statt sie zu ernähren.« Mir gefielen Andrés Worte, ihre brutale und zugleich sanfte Poesie. Aus ihm sprach keine Wut, nur die Resignation vor dem Offensichtlichen – und Gene Kellys traurige Augen. »Die Gesellschaft hat sich einfach gewandelt, das hätte kein noch so fähiger Mensch verhindern können«, fuhr er fort. »Selbst dein Martin Luther King ist ermordet worden. Träumer ändern die Welt nicht, sie träumen nur.«

Wir bestellten noch ein Getränk, dann war ich dran.

Meine Eltern. Der Einbeinige und die Entflogene. Der Glaser und die Tänzerin. Eine nette Kindheit, die kaum fünf Buchseiten füllt. Und dann der ockergelbe Ford Taunus. Die Leere, die Kälte. Long John Silver, der mir eine Mutter zu sein versuchte, aber dafür nicht genug redete, der keine Ahnung hatte, wie man ein junges Mädchen in Sachen Mode oder Frisur berät, ihr sagt, dass sie schön aussieht, ihr beibringt, wie man den Schmerz des Heranwachsens erträgt. Man kann zehn Väter haben, aber nur eine Maman, und wenn sie fort ist, fehlt etwas, für das es keine Prothese gibt.

Schließlich mein Studium, dieses gleichzeitig konkrete und völlig wirklichkeitsfremde Leben, die Abende im Pubstore, bei denen wir uns über die Ungerechtigkeiten auf der Welt ereiferten, obwohl wir blind und taub waren.

Verwöhnte Kinder, schon jetzt verdorben.

Als ich dafür an jenem Abend bei André Abbitte leisten wollte, legte er mir einen Finger auf die Lippen. Seine Haut war rau wie feines Schmirgelpapier, das erinnerte mich an die Hände meines Vaters, und ich erzählte ihm von ihrer Größe und den vielen kleinen Schnitten vom Glas und den Nägeln, den Holzsplittern und Werkzeugen, Dingen, die er unachtsam gepackt oder früher zerschlagen hatte. André lächelte, und mein Weg erschien mir plötzlich viel kürzer als seiner.

»Ich habe den Hof an meinem sechzehnten Geburtstag verlassen, um mit Holz zu arbeiten, habe eine Lehre zum Zimmermann angefangen, bald werde ich Geselle.«

Geselle.

Das Wort erschütterte meine Welt.

Mit neunzehn Jahren ähnelte ich allen Mädchen in meinem Alter.

Wir waren für die Legalisierung der Abtreibung, für freie Liebe und Moral. Wir trugen Hippiekleider, Schlaghosen, Midiröcke, weite Blusen, Blumenprints und psychedelische Muster, Overkneestiefel und Plateauschuhe: Das war unsere Uniform als Kriegerinnen für den Frieden.

Wir waren Birkins und Joplins, Chers und Fawcetts.

Ich studierte inzwischen im zweiten Jahr. Auf dem Programm: Ethnographie und Literatur, Chrétien de Troyes und das Mittelalter, Englisch, weiterhin Latein und bald auch Proust. André sah ich nur am Wochenende, wenn ich nicht nach Hause fuhr, wo Papa wegen der Einbrecher, die den Vorstadthäuschen regelmäßig Besuche abstatteten, während die Bewohner bei der Arbeit waren, jetzt zusätzlich zu Fenstern auch Panzertüren und mutmaßlich einbruchsichere Schlösser verbaute, »aber das heißt nichts, Martine«, murmelte er lächelnd, »Mutmaßungen sorgen bloß für Gesprächsstoff und versüßen die gesalzene Rechnung.«

Michel war ebenfalls ausgezogen, allerdings studierte er nicht, sondern hatte sich zusammen mit ein paar anderen bei irgendeinem Kumpel einquartiert. Sie motzten alte Mofas auf, die sie sich auf den umliegenden Höfen organisiert hatten, eine BSA Gold Star, eine Trophy TR6, hielten sich für Johnny Strabler, Harry Bleeker und Chino aus *Der Wilde* und genossen einen Ruf als Bad Boys – darauf standen die Bauerstöchter, sie träumten von Feuer und warteten auf einen Prinzen mit knatterndem Reittier, wollten schnell, gefährlich und weit weg vom erstickenden Land leben, weit weg vom Vieh, dessen Geruch irgendwann zwangsläufig der ihre geworden war, ein Fluch bei Tanzabenden und Erntefesten.

Papa wirkte glücklich mit Françoise. Zwar verband ihn mit ihr nicht dieselbe Glut, dieselbe Leidenschaft wie mit Maman, aber eine seltene Freundschaft, ein stilles Einverständnis zu jeder Zeit. Mit ihr lachte er wie nie zuvor, aus dem Bauch der Erde heraus.

Er trank nicht mehr.

Manchmal fuhr er mit ihr ans Meer, nach Zuydcoote oder Bray-Dunes, »schau nur, wie schön das ist, wie klein wir sind«, und sie nahm seinen Arm, lehnte den Kopf an seine Schulter und seufzte.

Long John Silver war im Laufe der Jahre ruhiger geworden. Er hatte Maman gehen lassen, hasste nicht länger alle Kinofilme und ockergelben Autos, seine Wut war entflogen, obwohl er hin und wieder, wenn sein Stumpf ihn plagte, noch einen Kir Royal mischte und auf den Tisch stellte.

Jeder Kummer kann zum Quell der Liebe werden.

Mein zwanzigster Geburtstag rückte näher.

Ich werde mich immer an den 5. Mai jenes Jahres erinnern: Brigitte Bardot hatte gerade im *France Soir* verkündet, dass sie die Schauspielerei an den Nagel hängen wolle, und wir schmissen noch am selben Abend eine spontane Abschiedsparty im Pubstore. Wir trugen schwarze Bodys und enge grüne Röcke mit Schlitz, wie Fahrrinnen für die Augen, für die Hände, das Fieber, und wir tanzten ihren betörenden, giftigen Mambo. Irgendwann küsste ein Kerl meinen Hals, meinen Mund, und ich ließ ihn beschwipst gewähren. In dieser Nacht waren wir alle Brigitte Bardot, verführerisch, verhängnisvoll, und die Küsse der Männer waren Komplimente, Blumensträuße.

Erst im Morgengrauen kehrte ich todmüde und sturzbetrunken in meine Studentenbude zurück.

Dort wartete André auf mich. Er war inzwischen sechsundzwanzig und teilte mir mit, dass er nun auf Wanderschaft gehen und später sein Gesellenstück zimmern würde.

Mein zwanzigster Geburtstag schmeckte salzig.

Mit einundzwanzig Jahren wurde ich neu geboren.

Meine Haare waren nachgewachsen, ich hatte mir einen Bob wie Romy Schneider schneiden lassen und meinen Vornamen Martine gegen Betty eingetauscht.

Mir gefiel der amerikanische Klang, die Folksängerinnenfärbung und besonders, was ich darüber gelesen hatte: »Bettys sind zärtlich, gefühlsbetont und reizvoll. Mit ihrer positiven Lebenseinstellung überwinden diese zielstrebigen Optimistinnen alle Schwierigkeiten. Ihre einnehmende, freundliche Art sorgt dafür, dass man sich in ihrer Gesellschaft sofort wohlfühlt.«

Long John Silver schaute mich erst schweigend und verärgert an, dann entspannte er sich, strich mir mit den Fingerspitzen über die Frisur, die Stirn, die Wangen, als wollte er mich kennenlernen, und sein Gesicht hellte sich langsam auf. »Hast recht, du siehst aus wie eine Betty, du bist schön, deine Maman wäre stolz auf dich, und ich bin es auch, Betty. Betty ... das hat was, das klingt richtig stilvoll!«

Papa taufte mich noch einmal, hieß mich auf dieser Welt willkommen, und das überwältigte mich.

Martine verschwand an jenem Tag, eine andere trat an ihre Stelle, und mit der sprach Papa zum allerersten

Mal, spie Worte aus, die ihm seit Jahren auf der Zunge brannten.

»Ich war vierundzwanzig, kaum älter als du jetzt, Betty, und hatte wahrscheinlich die gleichen Träume, aber ich wurde ins dritte Bataillon des neunten Marineinfanterieregiments versetzt, psychologische Aktion, fünftes Büro, Sektor Bordj Menaïel in der Großen Kabylei, dem Land der Berge, Küstenebenen und stolzen Männer.« Papa unterbrach sich. Einen so langen Satz hatte ich noch nie von ihm gehört. Nach einer kurzen Atempause fuhr er mit gedämpfter Stimme fort: »Wir haben sie alle gefoltert. Die Kinder vor den Müttern. Die Mütter vor den Männern. Die Männer vor den Söhnen. Ihre Zungen, Augenlider, Brustwarzen, Geschlechtsteile mit Elektroschocks malträtiert. Ich habe mich übergeben, wenn sie sich übergeben haben. Mit ihnen geschrien. Den Verstand verloren. Wir haben alle den Verstand verloren. Irgendwann bekamen die Gräuel etwas Faszinierendes. Wurden zur Droge. Zum Morast. Wir suhlten uns in Wut. Eines Morgens ist ein Kind in Flammen aufgegangen wie ein Streichholz. Ein kleines Mädchen von acht Jahren. Ihre Schreie. Der Gestank. Ich zog meine Waffe, richtete sie gegen mich selbst, ein paar der Jungs lachten, einer stürzte auf mich zu, ich fiel zu Boden, der Schuss ging in die Luft, ich blieb am Leben und wurde nach Palestro geschickt. Die Schreie des Mädchens sind nie verstummt. Als ich mit abgerissenem Bein und blutunterlaufenen Augen heimgekehrt bin, hat sich das Gesicht deiner Mutter einen winzigen Moment lang vor Abscheu, vor Entsetzen verzerrt, und alles war vorbei.«

Ich nahm Papa in die Arme, doch ich hielt den Jungen, der kaum älter war als ich.

Ich bekam regelmäßig Briefe von André.

Er erforschte die erstaunliche Architektur der Halles de Questembert aus dem sechzehnten Jahrhundert, den Weinkeller und das Laiendormitorium im Château Clos de Vougeot mit Blindverzapfungen und gedechselten Hauptträgern – das alles klang für mich wie Chinesisch –, fertigte eine Kopie der berühmten Holzglocke der Cathédrale de Bourges an, die man auch Knarre, Semantron oder Balthazart nennt, und ließ sich anschließend für ein paar Monate im Jura nieder, um dort mit verschiedenen Bauhölzern zu arbeiten: Weißtanne, einem weichen, homogenen Holz, Seekiefer, Eiche, Kastanie, die der Eiche sehr ähnlich ist, schrieb er mir, nur rötlicher und ohne Splintholz. Er redete nicht über Liebe, sondern über Bäume, Streben, Knaggen und Pfetten, nicht über unser Wiedersehen, sondern über Häuser, Schleusen und Brücken, und ich begriff, dass er mit seinen behutsamen Bestandsaufnahmen einen Weg zeichnete, der uns in geduldiger Selbstverständlichkeit verband, dass er eine Beziehung errichtete, die stabil genug für ein ganzes Leben war.

Wie seine Eltern liebte er, dass die Zeit ihre Spuren hinterließ, und ich liebte ihn auch dafür.

Ich war einundzwanzig, genauso alt wie Maman, als sie zu Papa ja gesagt hatte, an einem 28. Juni in Roubaix, in der Hitze und Euphorie bei der Ankunft der vierten Etappe der Tour de France Rouen-Roubaix, zweihundertzweiunddreißig Kilometer, Schweiß, Schreie, Kopfsteinpflaster und am Straßenrand stolze Männer und liebenswerte Frauen. Nach zwei Stunden, dreiundzwanzig Minuten und neunzehn Sekunden gewann ein Franzose, Pierre Molinéris, ein Landsmann trug das Gelbe Trikot, und der Mann, der noch zwei Beine hatte, küsste seine hübsche Nachbarin, die seine Frau werden würde, und dieser Kuss legte einen Spurt durch die jubelnde Menge hin und stellte zwei Leben auf den Kopf. Meine Eltern waren sich an jenem Tag zum ersten Mal begegnet und hatten einander nie mehr verlassen, bis Algerien sie trennte, sie der versprochenen Ewigkeit entriss, es ist immer der Krieg, der die Grenzenlosigkeit des Möglichen zermalmt, die Unendlichkeit der Liebe zerstört. Und ich, im gleichen glühenden Alter wie Maman, wünschte mir, eines Tages, nicht sofort, mit jemandem zusammenzuleben, wünschte mir eine einfache Geschichte, eine von denen, die das Leben, nicht ein Romanautor schreibt, Frieden und Zeit, Langsamkeit, wollte noch wachsen, an der Seite eines Partners aufblühen wie im kühlen Schutz eines Baumes, träumte von Kindern, dem Duft heißer Schokolade, Messstrichen an Türstöcken und ungeschickten Zeichnungen. Ich wollte mit einem guten, geduldigen Mann alt werden, irgendwann Großmutter sein, Teil eines verhutzelten Pärchens, wie man sie manchmal händchenhaltend auf einer Parkbank sitzen sieht, bei dem die Schönheit aufeinander abgefärbt hat. Und deshalb wählte ich wohl André. Ich mochte seine Hände und sein Hirn, dass er kein Student war wie alle anderen, mit denen ich zu tun hatte, kein Träumer, kein Rebell, kein Schönredner. Ich schwankte zwischen einer Welt, in der das Leben eher geschildert als gelebt wurde, und der Verheißung einer Zukunft, die von seinen Händen gezimmert werden würde.

Unsere Geschichte entwickelte sich wie der Titel einer Novelle von Jean Paulhan.

Ziemlich langsame Fortschritte der Liebe.

Maman hatte Bücher geliebt, und ich liebte sie im Gedenken an sie, ebenso wie Kunst, Fotografie, Filme – sie hatte sogar in zweien mitgespielt, sie war ein Schmetterling gewesen, der das Licht streift, sie hatte Höhenflüge und Abgründe gekannt, es aber nie gewagt, endgültig davonzuflattern, sich von allem zu entfernen, von mir, von Long John Silver, sondern war immer mit roten Wangen zu den rauen Händen des Glasers zurückgekehrt, der das Leben durch Fensterscheiben beobachtete wie sie auf der Kinoleinwand, zu diesem rohen, komplizierten Mann, weil er als einer der wenigen um das Fleisch der Dinge, das Gewicht des Windes wusste und ihr ein Königreich erbauen konnte.

Ein solcher Mann war mein Vater gewesen, bevor ein kleines Mädchen in Flammen aufging.

Auch André besaß diese Poesie.

Mit einundzwanzig Jahren begriff ich, dass ich wie meine Mutter war, ihre Zwillingsschwester – genau wie sie ergab ich mich.

Ich schrieb André lange Antwortbriefe, erzählte ihm von den Büchern, die ich gelesen hatte, von verrückten Abenden im Pubstore, dem Pink-Floyd-Konzert in Paris, zu dem wir im Februar gefahren waren, eine epische Tour, aber ihm hätte diese eigenartige Musik wahrscheinlich nicht gefallen, ihm, der im Jura die Bäume

41

liebkoste, ihre Namen lernte und die Winde an ihrem Rauschen in den Kronen erkannte. Auch ich redete nicht über Liebe.

Mit einem Dürstenden redet man nicht über Früchte.

Während unserer Trennung hatte ich ein kurzes Abenteuer mit einem Kunstprofessor, einem wahren Charmeur, der mir den Liebreiz eines *Modells* bescheinigte, die Anmut eines Porträts von Raffael, eines Meisterwerks von 1508, was mich zum Lachen brachte, »Sie halten mich wohl für ziemlich alt?«, »Aber nein, Betty, ich versichere Ihnen, Sie besitzen eine Schönheit, die nicht verwelkt, es ist sonderbar, sehr sonderbar.« Er zeigte mir eine rohere Sexualität, die ich ebenfalls mochte, fachte meinen Körper bis zur Verbrennung an, er war ein perfekter Liebhaber.

Ein paar Wochen später traf er ein anderes *Modell*, eine Botticelli diesmal, eine Simonetta Vespucci, und wir gingen einvernehmlich auseinander. Damals war die Zeit noch freundlich, die Liebe vergnüglich.

Ich habe ein Foto von mir mit unbeschwerten einundzwanzig Jahren aufbewahrt.

Der Kunstprofessor hatte sich nicht geirrt.

Aber mit einundzwanzig ist man blind.

Mit zweiundzwanzig Jahren fand ich eine Stelle als Grundschullehrerin in Bapaume an der École Notre-Dame, und damit begann für mich ein Leben, wie es bei anderen endet – weiße Bluse, knielanger Rock, perfekte Frisur, die Aufmachung einer alten Jungfer, höfliche Unscheinbarkeit, tödliche Langeweile.

Mit dreiundzwanzig Jahren bezog ich mit André ein hübsches Häuschen, dessen Dachstuhl und Fensterrahmen renovierungsbedürftig waren, ein paar Kilometer vom ehemaligen Hof seiner Eltern entfernt. Ausgebrannt und pleite, waren die beiden nach Valbonne geflüchtet, in die Sonne, in eine kleine Wohnung mit einem schattigen Balkon – keine Pflanzen, die sie an vergangenes Leid erinnerten, nur nackte Terrakottafliesen.

André hatte sein Gesellenstück gezimmert, eine gedeckte Brücke über die Bouzanne, ein Stück flussaufwärts von Saint-Gaultier, traditionell verzapft, über zwanzig Meter lang, aus Eiche und Kastanie, und war damit inzwischen Aspirant.

An einem Regentag zeigte er sie mir, und ich war schrecklich beeindruckt, dann ging er vor mir auf ein Knie, wie in einem Liebeslied: ein Junge mit einem samtenen Kästchen, ein Mädchen mit einem seligen Lächeln.

Mit dreiundzwanzig Jahren sagte ich ja.

Und ich entdeckte, genau wie dreiundfünfzig Millionen Franzosen, die bodenlose Schwärze mancher Seelen. Das Verbrechen von Patrick Henry. Die Leiche des kleinen Philippe Bertrand, die in einen Teppich eingerollt mehrere Tage in einem Zimmer des Hotels Les Charmilles in der Rue Fortier lag. Der Mörder erklärte im Fernsehen, dass man *für ein solches Verbrechen an einem Kind die Todesstrafe verdient.*

Es war widerlich.

Und dann kam Robert Badinter.

Und der Prozess gegen die Todesstrafe.

Mit vierundzwanzig Jahren heiratete ich André.

Die Zeremonie war schön, schlicht. Andrés Eltern hatten sich etwas Liebliches von Mozart oder etwas Fröhliches von Vivaldi gewünscht, ich mir einen Song von Roberta Flack. Am Ende einigten wir uns auf Saint-Preux' *Le Piano sous la mer*, das alle perfekt fanden, gleichzeitig leicht und tiefgründig, wie eine Ehe. Mamans Bruder war da, bald betrunken und miesepeterig, mit einem neuen Mädchen um die zwanzig am Arm, das einer neuen angesagten Sängerin ähnelte, eine blonde Trophäe, die er schamlos zur Schau stellte. Auch Mamans Freundin Marion kam, sie weinte. »Du bist ihr so ähnlich, Betty, du siehst wunderhübsch aus, sie fehlt mir immer noch.« Françoise trug ein elegantes cremefarbenes Kostüm und einen Hut mit frischem Blumenschmuck, der in der Hitze schnell welk wurde, und Papa hatte sich einen sehr schicken grauen Cutaway geliehen. Dank seiner neuen Prothese konnte er sich setzen, ohne das Knie mit den Händen zu beugen, und endlich *ein Paar* Schuhe anziehen – Françoise frohlockte und orderte pausenlos italienische Modelle aus braunem und schwarzem Leder, als wollte sie all die einbeinigen Jahre rächen, sie bat André sogar, einen Schrank für Long John Silvers siebenundzwanzig Paar Schuhe zu tischlern, mit Platz für dreiundzwanzig weitere, »man weiß ja nie«, scherzte sie, und mein frischgebackener Ehemann erfüllte ihren Wunsch natürlich mit Freuden; er verwendete alte Ungarische Eiche.

Als Papa und ich zu *Only you* von den Platters die Tanzfläche eröffneten, ahnte niemand, dass er nur ein Bein hatte, und seine Augen glänzten vor Stolz, weil er bei der Hochzeit seiner Tochter ein ganzer Mann war.

Michel war nicht gekommen, zum großen Bedauern von Françoise, die gehofft hatte, dass wir an diesem Tag eine Familie wären. »Man zeugt ein Kind, und es entwickelt sich zur Tragödie«, sagte sie, »zur Schande, wie unwürdig, dabei habe ich immer geglaubt, Mutter zu sein würde mich immun gegen Unglück machen.« Bei ihren Worten begriff ich, dass Michel ein Leidbringer war, so wie andere Frieden brachten; seine Unausgeglichenheit stellte auf gewisse Art und Weise das Gleichgewicht der Welt wieder her.

Er saß gerade eine neunzehnmonatige Gefängnisstrafe in Lens ab, für mehrere Einbrüche. Er war in flagranti erwischt worden, wie er die von ihren arbeitenden Bewohnern verlassenen Vorstadthäuschen leer räumte. Zutritt verschafft hatte er sich mit Schlüsselkopien der von Papa eingebauten Panzertüren – zunächst war Papa selbst verdächtigt worden, und obwohl seine Unschuld schnell bewiesen war, verlor er natürlich einige Kunden, aber Françoise, Optimistin durch und durch, trotz der Grausamkeit, trotz des Chaos, ermutigte ihn: »Du liebst Glas, steig ins Rahmengeschäft ein!« Einige Monate später eröffnete er einen Laden namens Rahmenprogramm in der Rue Desvachez, wo er unsere Hochzeitsfotos rahmte und ein Jahr später auch die Babyfotos unseres Sohnes Sébastien, der blutverschmiert und brüllend das Licht der Welt erblickt hatte.

Wie sehr Maman mir an jenem Tag fehlte …

Ich hatte immer geträumt, sie würde an meiner Seite sein, meine Hand halten, mich beruhigen, ermutigen, mit mir schreien, denn das hätte sie, sie hätte mit mir geschrien, mit mir gekeucht, ihr wäre gleichzeitig heiß und kalt gewesen, sie hätte mich »meine Kleine« genannt, »mein Mädchen«, und ich hätte genau das ein letztes Mal sein dürfen, bevor ich selbst Mutter wurde, bevor ich ständig Angst haben musste, Angst vor einer Mücke, die in seiner Nähe herumschwirrte, vor einem neugierigen Hund, der ihn beschnupperte, Angst vor Scharlach, vor plötzlichem Kindstod, vor Krippenkrankheiten, Angst, dass er mit einem Jahr noch nicht laufen könnte, dass seine Wachstumskurve nicht dem Durchschnitt entspräche, dass ich keine Ahnung hatte, was ich da tat, Angst, dass er mich nicht lieben, dass ich ihn enttäuschen würde – all diese Mutterängste, die aus Zuneigung geboren werden.

Mit sechsundzwanzig Jahren hatte ich die zehn während der Schwangerschaft zugelegten Kilo wieder verloren und sogar noch einen Bonus eingeheimst: zwei Kilo weniger. Dank der Verkäuferin der Nouvelles Galeries blieben auch keine Dehnungsstreifen zurück. Ich bekam meine grazile Figur wieder, die Leichtigkeit eines 1. Mais, trug modische Volantminiröcke, und die Männer lächelten mir auf der Straße zu. Meine Stelle als Grundschullehrerin gab ich endgültig auf, um mich ganz unserem Sohn zu widmen. André war oft weg, sein Können war an vielen Orten gefragt, bei der Renovierung der Markthalle in Martel, dem Bau des Dachstuhls einer neuen Kirche in Redon oder eines Folkeboots mit Klinkerbeplankung im Süden von England.

Mit sechsundzwanzig Jahren war ich die liebreizende Maman eines kleinen Einjährigen, der schon laufen konnte.

Eine glückliche Maman.

Und eine einsame Frau.

Ich freute mich jedes Mal, wenn mein Mann heimkehrte. Ich liebte den Geruch von Sägemehl in seinem Haar, von Farn und Pflanzensaft auf seiner Haut, die Ungeduld seiner großen Hände, die mich auszogen oder vielmehr meine Kleider wegrissen, seinen unersättlichen Hunger nach mir, sein Seufzen und Stöhnen, seine Art, mich zu umklammern, zu ersticken, in sich aufzusaugen wie Löschpapier die Tinte, sein Talent dafür, mich aus dem Gleichgewicht zu bringen, unsere leidenschaftliche Vereinigung. Er betrachtete mich bewundernd, genoss die Zeit, die auf meinem Gesicht vergangen war, »dein Warten auf mich«, sagte er lächelnd. Er liebte mich, und er liebte unseren Sohn, schenkte ihm wundervolle Holzspielzeuge, die er während seiner Pausen auf der Baustelle geschnitzt, bemalt und verziert hatte. Und er spielte mit ihm, erzählte ihm von Wäldern und Winden, brachte ihm alles über Bäume bei: Krone, Rinde, Splintholz, Mark – »ja, Sébastien, auch Bäume haben so etwas wie ein Rückenmark.« Er versprach ihm Angelausflüge, wenn er größer wäre, Baumhäuser, Boote, um das Meer zu bezwingen, und unser Sohn schaute ihn ehrfurchtsvoll an wie einen König. Wir waren eine glückliche Familie. Bis André wieder abreiste.

Diesmal musste er nach Saint-Denis-d'Anjou, um den Dachstuhl der dortigen Markthalle zu restaurieren. Einige Wochen später fand ich heraus, dass ich zum zweiten Mal schwanger war. Doch in einer Mainacht, als halb Frankreich auf der Straße war, als über zweihunderttausend Menschen mit Rosen in der Hand auf der Place de la Bastille in Paris sangen und tanzten, ein Wiedersehen mit ihren Jugendträumen und den Wahlsieg eines Mannes feierten, der *das Leben ändern* wollte, entglitt mir, klebrig und blutig, die Verheißung eines zweiten Kindes.

Mit beiden Händen versuchte ich es festzuhalten, und ich weinte mehr Tränen, als ein Mensch produzieren kann.

Ich war ein paar Tage krank, habe es André aber nicht erzählt und werde es auch nie tun – Männer denken nicht gern darüber nach, dass man sterben kann, wo man liebt. Mit meinem Baby allerdings, das nicht bei uns leben wollte, unterhalte ich mich manchmal flüsternd.

Mit siebenundzwanzig Jahren ließ der Schmerz über diesen Verlust mich erneut altern. Doch ohne eine Maman altert man nicht richtig.

Michel wurde aus dem Gefängnis entlassen. Er sei ganz dünn geworden und habe böse Augen, berichtete Papa später. Mein Stiefbruder war bei seiner Mutter aufgekreuzt, hatte alles Bargeld verlangt, den Schmuck und das Tafelsilber, und sie mit einem Klappmesser bedroht. Papa war dazwischengegangen. Der Dreckskerl hatte ihm brutal gegen die Prothese getreten. Papa war gefallen und mit dem Kopf gegen die Ecke eines Stuhls geprallt. Die Haut an seiner Stirn war gerissen wie Seide, das Blut in Tränen über seine Wangen gelaufen. Als

Françoise angefangen hatte zu schreien, war ihr Sohn geflüchtet.

Im Laufe der Zeit und meiner zahlreichen Besuche war die Verkäuferin aus den Nouvelles Galeries zu einer Freundin geworden.

Odette war mir neun Jahre voraus, aber das war in unserem Alter noch nicht so wichtig. Sie hatte einen neuen Kerl, Fabrice, einen guten diesmal, betonte sie, um die fünfzig, solide, Porträtfotograf. »Er hat mich auf der Straße angesprochen, weil er mich *pikant* fand, und wollte, dass ich für ihn Modell stehe, oh, là, là, was für eine Sitzung! Dich würde er auch gerne mal schießen …« Sie kicherte. »Also mit der Kamera, für sein großes Geheimprojekt.«

Sie war lustig und testete begeistert alle neuen Beautyprodukte, »ich bin quasi das Versuchskaninchen.« Einmal probierte sie künstliche Wimpern aus, von denen sie gemeine Gerstenkörner bekam; sie musste sie mit einer frischen Knoblauchzehe einreiben, um sie loszuwerden. Ein andermal benutzte sie einen Selbstbräuner, der ihr die Farbe einer gekochten Karotte verpasste, »ich sehe vielleicht bescheuert aus, was? Gleich bläst einer zur Schnepfenjagd.« Odette war nicht auf den Kopf gefallen. »Man kann sein Gesicht nun mal nicht ändern, also mache ich einfach einen Knopf mehr auf, die Augen der Männer wandern nach unten, und fertig ist der Lack.« Sie lachte, und ihr Lachen war schön. Sie liebte das Leben, sie liebte *ihr* Leben. Ohne den geringsten Neid, ohne Zynismus. Sie wollte ihre Kundinnen glücklich machen. »Hier«, sagte sie eines Abends und holte eine neue Pflegecreme aus der Handtasche, »die ist für dich und deine Babypopowangen, die stärkt das Gleichgewicht der Haut, hilft gegen die ersten Falten und erhält

Jugend und Schönheit, guck, da steht es: stabilisierende Creme. Von Guerlain, *ma chère*. Du darfst dich niemals ändern, Betty, du bist so perfekt.«

Mit achtundzwanzig, bald neunundzwanzig Jahren hatte ich ein paar perfekte Fältchen in den Augenwinkeln. Kaum sichtbare Fältchen.

Mit drei Jahren steckte Sébastien noch in der Nein-Phase, außer bei seinem Großvater. Als würden sich zwei Lausbuben in einer eigenen Sprache verständigen, die weder Worte noch Grammatik kennt, nur das gleiche Blut, als würde Papa endlich die Freude eines neuen Kindes erfahren, diese unglaubliche Verheißung, obwohl er nach Algerien keine Kinder mehr hatte haben wollen in dieser Welt, die wie die Forellen ihre Nachkommen zerfetzt. Er hütete ihn gerne ganze Nachmittage lang, und mein Sohn blieb bei ihm, immer in Reichweite, lief nicht weg, flüchtete nicht wie vor anderen Erwachsenen. Er spürte, dass Papa das Gehen Mühe machte, und brachte ihm Dinge.

Er verkleinerte die Klüfte der Welt.

»Versuch, nicht zu lächeln.«

Mit dreißig Jahren wurde ich Modell für Fabrice' großes Fotoprojekt mit dem hochtrabenden Titel *Die Zeit*.

Schon seit zwanzig Jahren fotografierte er dafür Menschen, jedes Jahr am gleichen Tag. »Irgendwann mache ich ein Buch über die Zeit, die auf den Gesichtern vergeht«, sagte er. »Die Jugend ist faszinierend, ein Magnet, und es schmerzt, wenn sie sich verflüchtigt. Der Erste war zwölf, als ich angefangen habe, inzwischen ist er zweiunddreißig.«

Er zeigte mir die zwanzig Fotos. Die Zeit stand diesem Mann gut. Sie rieselte sanft über ihn wie Wasser.

Ein anderes Gesicht. Eine Frau. Neun Bilder. Innerhalb der neun Jahre hatte die Zeit ihre Haut mit Rissen überzogen, ihre Lippen mit Stacheldraht gesäumt, ihre Wangen ausgehöhlt, nicht aber das Leuchten in ihren Augen bezwungen. Es war atemberaubend.

Ein drittes Gesicht. Das eines jungen Mädchens. Vier Bilder. Auf dem vorletzten eine Narbe, die das Gesicht längs zerteilte und den Mund verzerrte. »Ein Motorradunfall«, flüsterte Fabrice. Auf dem letzten Bild: Verzweiflung.

»Hoffentlich bringt die Zeit ein bisschen Freude zurück«, murmelte ich.

Noch mehr Gesichter, auf denen die Zeit über kürzer oder länger die Landkarte der Gefühle nachzeichnete. Dann ein sehr altes Gesicht. Nur zwei Bilder, die sich kaum unterschieden, schwindendes Licht, dunkleres Grau, die Unausweichlichkeit. »Sechsundneunzig Jahre«, erklärte Fabrice. »Eigentlich wollte ich noch vier Fotos von ihm machen, bis zum hundertsten.«

Fabrice hatte mich überredet, Teil dieses Abenteuers zu werden. »Man sieht dir dein Alter nicht an, ich will den Moment einfangen, in dem sich das ändert, das wird bestimmt interessant.« Und mir waren die Worte des Kunst- und Sexprofessors wieder eingefallen: »Sie besitzen eine Schönheit, die nicht verwelkt, Betty, es ist sonderbar.«

»Versuch, nicht zu lächeln.«

Ich lächelte nicht.

Ich schaute seine Hand an, die um das Objektiv herumwirbelte, wie er es mir gesagt hatte. Wir probierten es mit zusammengebundenem und offenem Haar, geschlossenem und aufgeknöpftem Blusenkragen. »Heb die Bluse gut auf, die will ich jedes Jahr.« Das brachte mich zum Lächeln.

»Versuch, nicht zu lächeln.«

Ich lächelte nicht mehr.

Später präsentierte er mir das Bild, das ihm am besten gefiel und das als Vorlage für die zukünftigen Aufnahmen dienen würde. Es erinnerte mich an Richard Avedons Porträt von Peggy Daniels, ein Schwarz-Weiß-Foto von einer rauen Eleganz, einer unerwarteten Strahlkraft. Ich fand mich schön.

»Danke.«

Doch Fotos zeigen nicht alles.

Mit dreißig Jahren hatten meine Züge noch immer eine kindliche Weichheit, Madeleine-Rundungen wie bei Kim Basinger, Ornella Muti und Isabelle Huppert, die genauso alt waren wie ich. Allerdings traten allmählich auch feinere, schärfere Konturen hervor, die mein frauliches Gesicht prägen sollten. Den Fotos zufolge ähnelte ich Maman, sie hatte ebenfalls diese perfekte, feinporige Haut gehabt, mit vereinzelten Fältchen in den Augenwinkeln, vom Lachen eingegraben. Als sie in meinem Alter gewesen war, hatte sie nicht geahnt – wer hätte das schon? –, dass ihr nur noch fünf Jahre zum Tanzen blieben.

Sie hatte uns ihre unveränderliche Schönheit hinterlassen, den Traum jeder Frau.

Mit dreißig Jahren war ich glücklich mit meinem Mann, der inzwischen ungefähr zwei Wochen pro Monat bei uns verbrachte. Gerade bereitete er sich auf einen viermonatigen Aufenthalt in Italien vor, um seine Meisterausbildung abzuschließen. Er würde für Pierluigi Ghianda arbeiten, den man den Dichter des Holzes nannte wegen seiner Leidenschaft für dieses wundersame, lebendige Material, *das niemals stirbt, auch nicht nach Hunderten von Jahren*. Andrés Gesicht leuchtete bei der Aussicht auf diese Begegnung. Er betrachtete seine Hände, wie er unseren schlafenden Sohn betrachtete, und manchmal mich, erklärte: »Sie haben noch nicht alles gesagt, Betty, in ihnen steckt noch Schönes, das geschrieben werden will, fragt sich zwar, was und wie, aber dass es da ist, weiß ich genau.« Er strahlte vor Ungeduld. Es gefiel mir, dass seine Hände langsam die Harmonie der Welt erkundeten, sie pflegten, so wie die seiner Eltern die Erde und seine Seele geformt hatten.

Ich liebte diese Hände. Vor allem auf mir.

Sie ließen mich entflammen.

Und sie fehlten mir.

»Warum suchst du dir keinen Liebhaber?«, fragte Odette mich, als wir eine neue Brasserie ausprobierten – gratis Kir Royal als Begrüßungscocktail, zum Wohl, Maman, zum Wohl, Betty, ein etwas zu feuchtfröhlicher Mädelsabend. »Ich könnte nicht so viele Nächte allein verbringen, eine grässliche Vorstellung, ich brauche das Gewicht eines Mannes auf meinem Körper, ungeduldige, freche Finger, eine kühle Zunge, die wie eine Blindschleiche über meine Haut zuckt und in meinem Schatzkästchen herumwühlt.« Beinahe hätte ich den Wein quer über den Tisch gespuckt. »Du spinnst doch, Odette!« »Von wegen, *ma chère*, ich sage nur, was Sache ist, wir reiten Kerle, sie Pferde.« Wir waren ziemlich angeschickert. Die Blicke der Männer ringsum richteten sich auf uns, auf sie, auf ihren Mund. »Du tust ja so, als wäre ich eine Heilige«, protestierte ich leise, »ich hatte auch schon das ein oder andere Abenteuer, mit einem Kunstprofessor zum Beispiel, der ...« Sie unterbrach mich. »Ja, früher, Betty, früher. Ich rede von jetzt, wo dein Zimmermann andere Bäume streichelt, andere Büsche teilt.« »Woher willst du das wissen?« »Ach, *ma chère*, glaubst du, ein Mann, der vier Monate auf einer Baustelle in Italien ist, dem Land der verführerischen *ragazze*, hat keine Bedürfnisse? Frag mal die Frauen von Matrosen oder Fernfahrern. Männer brauchen Stoßverkehr, wir brauchen Liebe.«

Das Tiramisu kam, wir bestellten noch mehr Wein. »Ein Viertel?«, fragte der Kellner. »Nein, einen halben Liter«, und Odette fuhr fort: »Du mit deinem hübschen Gesicht, deiner Pfirsichhaut, deinen prallen Babypopowangen, du bezirzt doch jeden innerhalb von zwei Sekunden, sogar Fabrice, diesen Mistkerl, pah, als er meinte, dass du vor der Kamera *der totale Wahnsinn* bist, hätte ich ihn beinahe rausgeschmissen, und Tschüs!« Sie stellte ihr Glas ab. »Aber was soll ich sagen, ich bin schwach, Betty, er macht mich ganz verrückt mit seiner Engelsvisage, seinen Flegelhänden, seinem verliebten Blick, nachdem ich ihn vernascht habe, seinen kleinen Komplimenten: Du bläst so gut, Odette – mit irgendwas muss ich ihnen ja den Kopf verdrehen, wenn ich schon nicht so schön bin wie du, was?« Und wir brachen in Gelächter aus, ich allerdings rot wie eine Tomate.

Mit sieben Jahren hatte ich den Taumel meiner Mutter, die Verzweiflung meines Vaters beobachtet und mir geschworen, dass, sollte ich eines Tages heiraten, meine Ehe dem Schweigen und der Wut, *der Wunde und des Messers Stahl, dem Schlag und der Wange* standhalten würde, also nein, Odette, ich suche mir keinen Liebhaber, ich werde niemals frieren in unserem Bett, wenn André nicht neben mir schläft, weil er gerade die Welt entdeckt, weil er mit seinen Händen in ihrem Bergwerk gräbt; weil die Liebe auch im Warten und in der Entfernung liegt, in der Geduld und in der Entzückung.

Denn das tut sie.

Am Jahrestag meines ersten Porträts nahm Fabrice das zweite auf.

Er wählte denselben Hintergrund aus perlweißem Papier, dasselbe rau-elegante Licht. Ich trug dieselben Sachen, posierte genau wie vor einem Jahr, mit offenem Haar, leicht aufgeknöpfter Bluse, die Hände in die Hüften gestützt, ohne zu lächeln, aber die Lippen ein, zwei Millimeter geöffnet, den Blick knapp über das Objektiv gerichtet.

Klick-Klick.

Fabrice verglich die beiden Bilder, untersuchte sie lange mit dem Fadenzähler.

Und ich ahnte schon, dass etwas nicht stimmte.

Zu Hause feierten wir die Rückkehr meines gebräunten und dünner gewordenen Mannes aus Italien.

Ich tischte auf, was Maman mir noch rechtzeitig hatte beibringen können. Tarte Goyère. Rinderbraten – *der muss blutig sein, Martine, sonst wird er zäh wie eine Schuhsohle* – mit Lorbeer, Thymian, Petersilie und Knoblauch. Spekulatiuskuchen. Papa kümmerte sich um den Kir und André um den Wein – er hatte ein paar leckere Flaschen aus San Gimignano und Montepulciano mitgebracht. Wir stießen auf alles an, was uns fehlte: eine Maman, eine Ehefrau, ein Bein. »Und ein Sohn«, ergänzte Françoise, einen Moment lang niedergeschlagen, »der wie ein Bäumchen gerade gen Himmel hätte wachsen können, saftig und stolz, nicht krummwurzelig wie ein Krake im Bauch der Erde.« Papa zog sie an sich und flüsterte ihr zu, dass sein Enkelsohn auch ihrer sei, dass ich, seine Tochter, auch ihre sei. Long John Silver teilte Freud und Leid. Bei Tisch erzählte André von der Schönheit Italiens, den Piazzette, den Kirchen, den ungenierten Frauen, den schicken Männern, und seine Augen leuchteten. Nach diesen vier Monaten bei Pierluigi Ghianda stand sein Entschluss fest: Er würde Möbel bauen, Holz verbiegen, wie es noch nie verbogen worden war,

Grenzen überschreiten, er träumte von einer Reise nach Skandinavien, nach Schweden oder Dänemark, um dort den Wagemut von Jacobsen, Aalto, Wegner, Møller zu studieren, und wir hingen staunend an seinen Lippen. André redete in einer fremden Sprache, der Sprache der Leidenschaft. Und auch dafür liebte ich ihn, den Bauernsohn, der die Welt schöner machen wollte und den dieser Traum selbst schöner machte, ihn, den ich am Tag unseres Kennenlernens mit meinen stürmischen achtzehn Jahren weder besonders schön noch besonders hässlich gefunden hatte; seine liebenswert traurigen Augen hatte ich allerdings sofort gemocht. Dreizehn Jahre waren so schnell vergangen. Unser Sohn war inzwischen fast sechs, noch klein und doch schon groß, er besuchte die Grundschule, lernte lesen, schreiben, rechnen, begriff laut Zeugnis das Konzept von gestern und morgen, auch wenn er die Gegenwart bevorzugte, und stellte unzählige Fragen, auf die es keine Antwort gab: Warum lächeln Tiere nicht? Warum regnet es? Warum habe ich keine Geschwister? Hier zitterten meine Hände, meine Finger schienen sich aufzulösen, zu einer klebrigen blutroten Masse zu werden.

Irgendwann schlummerte Sébastien auf dem Sofa ein, er hatte lange ausgehalten, versucht, den Gesprächen *der Großen* zu folgen. »Nimmst du mich mal mit nach Italien, Papa, und nach Kandinovien?« Im Schlaf war er blass wie ein Engel, und ich war mir sicher, dass Maman auch über ihn wachte.

Wir saßen an diesem Abend noch Stunden beisammen, waren glücklich.

Aber das Glück, das weiß jedes Kind, ist ein wunderlicher Gast. Manchmal verlässt es den Tisch ohne Vorwarnung, ohne Grund.

Mit sieben Jahren maß Sébastien einen Meter zweiundzwanzig, wog einundzwanzig Kilo und hatte einen
Kopfumfang von vierundfünfzig Zentimetern.

Genau wie Maman bei mir damals und in gewisser
Weise auch Fabrice, der mit seinen Fotos die vergehen-
de Zeit einzufangen versuchte, hielt ich jedes Jahr die
Entwicklung meines Sohnes fest und beruhigte mich
mit den Statistiken. Mein Mann machte sich sanft über
mich lustig: »Ich war in seinem Alter schmächtig wie ein
Spargel, Betty, und schau mich jetzt mal an.« Also schaute ich ihn an, meinen starken Mann, und ich wusste,
dass ich ihn immer lieben würde, ob er nun da war oder
fort, dass ich ihn gewählt hatte, dass das entwaffnende
Lächeln, die manchmal betörenden Worte einer Zufalls-
begegnung auf der Straße, im Kino, in einer Brasserie
mich ihm niemals entreißen würden.

Mit sieben Jahren hatte ich Maman weinen sehen,
weil in Papas Wut keine Liebe mehr war. Ich hatte Long
John Silver auf einem Bein torkeln sehen, mit roten Augen und brennendem Atem. Ich hatte gesehen, wie er
Maman an sich ziehen und mit ihr tanzen wollte, wie sie
in sich zusammenschrumpfte wie ein Akkordeon.

Mit sieben Jahren hatte ich Maman mit glühenden

Wangen nach Hause zurückkehren, ihren Kajal verlaufen und dunkle Ringe malen sehen, flüssigen Schmerz. Mit sieben Jahren hatte ich das Leid der Frauen gesehen, ich hatte gesehen, wie Maman langsam Long John Silvers Armen entglitt, wie sie zurückwich, sich anderen Rauschmitteln zuwandte, dem faszinierenden Gefühl, lebendig zu sein.

Mit sieben Jahren konnte Sébastien ruhig und geduldig warten, schätzte die Zeit bis zu einem Geburtstag, einem Besuch immer realistischer ein, erahnte den Unterschied zwischen Gut und Böse – »Böse ist, wenn man erwischt wird«, hatte er mir mit schelmischer Miene erklärt –, er gewann Selbstvertrauen und wurde verträumter. Andrés häufige Abwesenheit schweißte uns enger zusammen, wir gewöhnten uns an, Dinge zu zweit zu unternehmen, so wie Maman und ich früher, mittwochs Kino, samstags das Matisse-Museum in Cambrai oder das Naturkundemuseum, ich zeigte ihm das Schönste, zu dem Menschen fähig sind. Manchmal brachten mich seine Fragen aus der Fassung: Ist dieses Bild schön? Und was heißt schön eigentlich? Als er einmal im Park eine Frau mit einem Kinderwagen sah, die älter war als ich, meinte er, dass es dem Baby bestimmt nicht gefallen würde, eine so alte Maman zu haben, ich fragte ihn, warum. »Wenn man alt ist, hält man nicht mehr lang.«

Mit fast zweiunddreißig Jahren meldete ich mich zu einem Yogakurs an, weil ich für meinen Sohn noch lange halten wollte. Sādhu (die mit richtigem Vornamen Liliane-Berthe hieß) bescheinigte mir, nachdem sie mich in der eigentümlichen und wenig schmeichelhaften Position des Kriegers 2 – *virabhadrasana 2* – beobachtet hatte, den Körper einer Fünfundzwanzigjährigen.

Alle anderen Frauen stimmten ihr zu, nur eine gluckste neidisch.

Mit fast zweiunddreißig Jahren, als Sébastien fröhlich in die zweite Klasse kam und André, der jetzt sehr viel seltener auf Reisen war, eine Scheune ein paar Kilometer von unserem Häuschen mietete, um dort seine Visionen Holz werden zu lassen, fand ich dank meines Literaturstudiums eine Stelle in der Katalogredaktion von La Redoute. Die Texte waren kein Anouilh, kein Prévert, weit entfernt von den Träumen unserer fiebrigen Nächte im Pubstore, wo wir bis zum Morgengrauen über die Gründe des Todes von Jim Morrison diskutiert hatten, über diesen Mistkerl Nixon, der den Kampf um gleiche Bürgerrechte für alle blockierte, über die Tragödie in Vietnam, während wir tranken, rauchten und uns lieblos liebten, nein, es waren nur Wörter unter vorteilhaften Bildern, die die Mode für den Frühling/Sommer 85 präsentierten, Baumwollröcke, *frische Farben, freche Muster*, Badeanzüge mit gewagten Dekolletés und tief ausgeschnittenem Rücken, moderne Materialien, Bikinis. Anfangs versuchte ich noch, den Leserinnen etwas beizubringen, über den Bikini zum Beispiel: Er war nach dem amerikanischen Atoll benannt, auf dem ein Kernwaffentest stattgefunden hatte, und so war sein Erfinder Louis Réard auf die Idee gekommen, die neue Bademode mit dem Slogan »Der Bikini, die erste Anatombombe« zu bewerben. Man bat mich, in Zukunft diskreter mit meinem Wissen umzugehen oder es gleich für mich zu behalten.

In diesem Jahr feierten wir Odettes vierzigsten Geburtstag und ihren neuen Job als Vertreterin einer ganz jungen Kosmetikmarke namens Odylique, »so wie *idyllique*, idyllisch, *ma chère*, für die gesamte Region Nord-

Pas-de-Calais, zwölftausendfünfhundert Quadratkilometer, stell dir das mal vor«. Wir feierten Andrés ersten Stuhl aus Rio-Palisander, dessen Armlehnen beinahe aussahen wie Lava; der Stuhl war so prächtig, Odette wollte sich gar nicht darauf setzen, weil sie ihn dann nicht hätte bewundern können, und ich war stolz auf meinen Mann, stolz darauf, was seine Hände erschaffen hatten. Wir feierten Sébastiens bevorstehenden achten Geburtstag und sein baldiges Vorrücken in die dritte Klasse, Brigitte aus dem Yogakurs, die endlich die schwierige Position der Vorbeuge im weiten Spreiz – *prasarita padottanasana* – gemeistert hatte, Long John Silver und Françoise, die einander näher waren denn je, und vor allem feierten wir unsere maßlose Lebensfreude in Andrés Scheune, auf der Wiese, auf den Wegen ringsum, die von Laternen beleuchtet waren wie bei einem Feuerwehrball, während vierhundert Kilometer entfernt der Leichnam des ertrunkenen vierjährigen Grégory Villemin gefunden wurde, der früher am Nachmittag entführt worden war, zur Stunde des Nachmittagssnacks, der Stunde der Kinder, wir tanzten draußen, leicht angeheitert, und Sébastien, der von seinem Vater einen winzigen Schluck Bier bekommen hatte, sah plötzlich Feen und sogar Micky Maus, aber da war er sich nicht hundertprozentig sicher, vielleicht auch Klarabella Kuh. Long John Silver tanzte mit, er brachte Françoise nicht zu Fall, und Maman fehlte mir an diesem Abend ganz besonders, wir tanzten zu Peter et Sloane, Cookie Dingler, den Star Sisters, André zog mich an seinen festen Körper, er duftete nach Holz und Venushaar, nach Glück, er flüsterte mir zu, dass er mich noch immer liebe wie am ersten Tag, »mit deinen kurzen Haaren, Betty, deinen kirschroten Lippen und deinen frischgebackenen achtzehn Jahren«, dass er noch immer diese beruhigende Langsamkeit zwischen uns möge, meine Geduld, und ich verdrückte ein paar Tränen, aber das lag bestimmt am Rum im Sangria.

Der brannte in den Augen.

Mit zweiunddreißig Jahren lernte ich Valbonne kennen – die Place des Arcades, das bescheidene Kloster, den Zirkus Gruss am Wochenende von Mariä Himmelfahrt.

Meine Schwiegereltern waren gealtert, langsam erloschen, als hätte die fehlende Erde unter ihren Füßen sie vertrocknen lassen, der fehlende Regen, Wind, Hagel, der manchmal die Ernte einer ganzen Saison, eines ganzen Jahres, einer ganzen Existenz zerstört. Auf ihrem Balkon gab es keine Pflanzen, in ihrer Wohnung keine Blumen, nicht einmal auf der Tapete oder der Tischdecke. Sie hatten sich aus ihrem alten Leben herausgerissen, wie man einen Tumor entfernt, alles rundherum ausgebrannt, und warteten jetzt gelassen auf das Ende.

Wir blieben ein paar Tage bei ihnen.

André wollte ihnen unbedingt das Maeght-Museum in Saint-Paul-de-Vence zeigen, wo er die Giacomettis, Braques, Calders, Mirós bestaunte und Träume aus Eisen und Bronze schmiedete. Mittags aßen wir im Colombe d'Or: Picasso, Léger, Soutine an den Wänden, pochierter Seebarsch und Lammkarree auf den Tellern. »Du brauchst uns nicht so zu verwöhnen«, brummte Renée, und André legte eine Hand auf die seiner Mutter, klein, rau, grau, ein Kiesel, der unter seiner kräftigen Pranke verschwand. »Dank dir und Papa habe ich Gold in den Fingern, dafür möchte ich mich revanchieren«, die Augen der beiden leuchteten auf, und alles war gesagt. Mein Mann überwältigte mich jeden Tag aufs Neue. Er war ein großartiger Vater und Sohn, und wenn ich in seinen Armen lag, war ich alle Frauen zugleich.

Alle Taumel.

Einen Nachmittag verbrachten wir am Strand, aber dort gefiel es mir nicht. Sébastien konnte wegen der Quallen nicht ins Wasser und baute Steinburgen mit seinem Vater, weil es keinen Sand gab, »mit einem Turm bis zum Himmel, Papa!« Später gesellte er sich zu Renée und ihrer Kühlbox voll Limonade und süßem Obst. André und ich stahlen uns davon und spazierten Arm in Arm am Ufer entlang. Ich betrachtete verstohlen die vielen sonnengegerbten, verdörrten Körper, karamellfarben, schokoladenglänzend, mit Zigarrenschrumpeln, und andere, deren Haut gespannt war wie ein Trommelfell, all diese Frauen, die in der Illusion gefangen waren, dass die Jugend die einzig mögliche Schönheit ist, dass der Liebreiz mit der Zeit verfliegt. André lächelte mir verschwörerisch zu und nahm mir das Versprechen ab, niemals zu werden wie sie, dafür versprach er mir im Gegenzug, mich immer so zu begehren, wie ich war, wie ich später sein würde, und wir kehrten zu seinen Eltern zurück.

Unser Sohn unterhielt sich angeregt mit seinem Großvater, ließ sich alles über den Hof, die Jahreszeiten, die Tiere erzählen. Und er fragte, ob die Kühe Namen gehabt hätten. Weil es doch bestimmt traurig sei, etwas zu essen, das einen Namen hat. Der alte Mann zerzauste ihm das Haar: »Du bist genau wie dein Vater. Keine Sorge, Églantine, Violette und Iris hat niemand gegessen, sie sind mit über zweiundzwanzig Jahren an Altersschwäche gestorben, auf einer großen Weide voll Gras, Butterblumen und Schmetterlingen, und zweiundzwanzig ist schon wirklich alt für eine Kuh.« Und ich dachte, wie viel Glück wir hatten, hier zu sein, zusammen, am Leben, selbst auf diesen glühend heißen Steinen vor diesem quallenverseuchten Meer, weil nichts von Dauer ist, und in dieser Sicherheit liegt ein Schlüssel.

Mit zweiunddreißig Jahren war ich halb so alt wie Simone Signoret, die gerade mit zerfressener Bauchspeicheldrüse entflogen war.

Im Herbst verlobte Odette sich mit Fabrice. »Zumindest kriege ich schöne Hochzeitsfotos«, meinte sie lachend. André schuf einen außergewöhnlichen Stuhl, für den er auch Eisen verwendete, so überwältigt war er von Giacomettis *Hund* gewesen. Sébastien kam in die dritte Klasse, ausstaffiert wie ein La-Redoute-Model, und meine Bildlegenden für den nächsten Katalog Frühjahr / Sommer 86 wurden gelobt, weil ich sie nicht mehr mit gelehrten Betrachtungen würzte, außerdem erhielt ich eine Gehaltserhöhung, mit der ich André seine Reise nach Skandinavien würde ermöglichen können.

Beim Yoga meisterte ich inzwischen das Dreieck – *trikonasana* – und die Heuschrecke – *salabhasana* –, und Sādhu (eigentlich Liliane-Berthe) war entzückt, dass ihre Kunst mich derart verjüngte, und teilte mir mit der sanften Stimme einer Flugbegleiterin mit, dass sie den Preis für ihren Kurs anheben müsse, wegen der gestiegenen Arbeitslosigkeit von inzwischen neun Prozent der erwerbsfähigen Bevölkerung. »Was soll das denn heißen, Sādhu?« »Okay, hör zu, mein kleiner Skarabäus, ich mache dir einen Vorschlag: Wenn du für meinen

nächsten Prospekt posierst, lasse ich dir den alten Tarif.«
»Warum das?« »Schau dich doch mal an, niemand würde
dich für zweiunddreißig halten.«

Und ich ging in die *savasana* – die Totenstellung.

Das zweiundzwanzigste Foto zeigte Fabrice' erstes Modell mit vierunddreißig, immer noch schön, Jahr für Jahr – eine friedliche, schattenlose Schönheit.

Das elfte Porträt der Frau enthüllte ihr zerknülltes Gesicht, den inzwischen dornenberankten Mund, aber auch die unvermindert leuchtenden Augen – ihren Triumph, so schien mir.

Das sechste Bild des verunglückten Mädchens offenbarte um die Narbe herum eine unerwartete Sanftheit, wie Wasser, das einen unebenen Strand glättet. »Die Freude, auf die du gehofft hast«, flüsterte Fabrice mir zu.

In diesem Jahr gab es drei neue Gesichter, drei neue Bilder.

Eine Zweijährige mit blonden Locken und Pausbäckchen, prall wie Aprikosen, er hatte sich gedulden müssen, bis sie einschlummerte, um einen Moment einzufangen, den er immer wieder nachstellen konnte, und jedes Jahr am gleichen Tag würde er auf ihren Schlaf warten – diese Idee fand ich so einzigartig, so verrückt.

Dann ein Kerl aus einer Bar, frisch aus dem Gefängnis entlassen, ein Gesicht, das schon mit dreißig völlig zerstört war, von Tätowierungen bedeckt wie von Hieroglyphen des Unglücks, ein Atlas des Absturzes; »hoffentlich spielt er jedes Jahr mit«, meinte Fabrice, »für dieses Foto hat er mir tausend Franc abgeknöpft, tausend Franc!«

Das dritte Gesicht war das einer jungen Frau, die entfernt einer fünfundzwanzigjährigen Odette ähnelte, milchige Haut, Apfelbäckchen, und ich bekam Angst um meine Freundin.

Und schließlich ich, mein drittes Porträt mit dreiunddreißig Jahren, vor demselben perlweißen Hintergrund, in diesem Licht, das Peggy Daniels vor Richard Avedons Linse so hypnotisierend hatte wirken lassen, dieselbe weiße Bluse, die ich nur zu diesem Anlass trug, offenes Haar, Hände in den Hüften, »versuch, nicht zu lächeln, Betty, kein Lächeln, den Blick knapp übers Objektiv, ja, genau, schau meine Hand an, meinen Finger, der sich bewegt.« Fabrice verglich meine Pose mit den beiden vorherigen Fotos, verwuschelte mir mehrfach das Haar – es war zu lang geworden –, bis er zufrieden war. Er präsentierte mir das neue Foto. Natürlich glich es den anderen, auf den ersten Blick hätte man alle drei für dasselbe Bild halten können. »Das ist das Ziel«, erklärte mir der Fotograf begeistert, »wie bei einem Daumenkino, das besteht auch aus lauter beinahe identischen Bildern, aber wenn man sie schnell durchblättert, sieht es aus, als würden sie sich bewegen.«

Trotzdem verursachte mir die scheinbare Reglosigkeit meines Gesichts ein leichtes Unbehagen. Ich dachte an das letzte Foto von Maman zurück, an das Polaroid, das mir ihre Freundin vor beinahe zwanzig Jahren gegeben hatte, an ihr fröhliches Lachen, den roten Pony, das Cardin-Kleid, meine schöne, unsterblich schöne Maman, die weder die Zeit noch die böse Welt noch die Müdigkeit jemals entstellen würden. »Die Toten altern nicht«, hatte sie einmal gesagt, als wir ein Wochenende lang nach Paris geflüchtet waren, weil Long John Silvers Wut zu Hause Stühle und Tische und Geschirr durch die Luft fliegen ließ. Im Louvre zeigte sie mir tief bewegt ein Gemälde von Raffael, *Die schöne Gärtnerin*, auch *Madonna und Kind mit Johannes dem Täufer* genannt. »Schau dir diese Frau an, Martine, ihr makelloses Gesicht, das sie uns hinterlässt, sie wird niemals alt, das ist unglaublich, es trotzt dem Tod, oder?« Ich war elf, ich begriff nicht, dass sie vom Kummer der Frauen sprach, dieser überholten Angst vor der Zeit, die verwandelt, auflöst, auslöscht, bis nichts mehr da ist von Anmut, Liebreiz, Begehren, dem Leben selbst, nur noch Asche und Panik vor der baldigen Einsamkeit.

Was hätte ich nicht dafür gegeben, dass Maman zerknittert, zerschrumpelt, zerfurcht wäre, aber dafür *da*.

Mein drittes Porträt gefiel mir nicht.

Es sah aus wie das einer Leiche – ein Gesicht, das sich nicht mehr verändert.

Impatienta doloris.

Mit vierunddreißig Jahren erfuhr ich von diesem Grund für depressiven Selbstmord, den man früher auch Neurasthenie genannt hatte.

Mein vierunddreißigster Geburtstag fiel mitten in einen traurigen Frühling, Dalida hatte ein Brieflein hinterlassen: »Das Leben ist mir unerträglich.« Auf der Straße weinten die Menschen, hübsche Worte stiegen empor, andere stürzten scharf hernieder.

Françoise und Papa fuhren nach Paris, denn für Françoise war Dalida eine Grande Dame gewesen, »und wenn man sich nicht bei denjenigen bedankt, die einem Freude gebracht haben, dann ist man nur ein armseliger Teufel.« Es war kalt an jenem Tag, kalt wie die Einsamkeit, in die Église de la Madeleine kamen sie gar nicht rein, auf dem Cimetière du Père-Lachaise standen sie sich vier Stunden lang die drei Beine in den Bauch, bis sie von weitem eine weiße Rose in Richtung Grab werfen konnten, die sofort zertrampelt wurde, doch als sie erschöpft heimkehrten, war Françoise nicht etwa wütend, weil alles nur für die Promis organisiert worden war, nicht für die kleinen Leute, kein Wort, kein Lächeln, bloß Absperrungen, als wären sie Schlachtvieh, nein, sie sagte: »So ist das nun mal, das hindert uns nicht daran, ein Herz zu haben.«

Ich feierte meinen Geburtstag allein mit Odette, weil André schon seit zwei Monaten auf einer wichtigen Baustelle im Bordelais war – ein Gebälk aus Eichenholz von beeindruckender Größe: sechzig Meter lang, zehn Meter hoch, geformt wie zwei umgedrehte Schiffsrümpfe, ein Weinlager für Grand Crus. »Keine Ahnung, wie du das anstellst, *ma chère*, aber du hast dich kein bisschen verändert«, gratulierte mir Odette gleich zur Begrüßung, »du siehst aus wie deine kleine Schwester, wenn du denn eine hättest, vielleicht liegt es daran, dass du immer auf deinen Mann wartest, das entspannt die Haut.« Ich konnte ihr Kompliment nicht erwidern, denn ihre Augen und Wangen fielen von Jahr zu Jahr weiter ein, ihre Haut wurde fahler. Sie bemerkte meine Verlegenheit. »Mir setzen die Tausende Kilometer zu, die ich mit dem Auto rumgurke, Scheißvertreterjob, du machst dir keine Vorstellungen, verranzte Hotels, dreckige Bahnhofsrestaurants, Kerle, die an dir kleben wie Welpen im Tierheim, die fiepen, damit du sie streichelst, und manchmal streichele ich sie wirklich, Betty, manchmal sage ich ja, um nicht mehr allein zu sein, um mich lebendig zu fühlen, jung, und jedes Mal hasse ich mich dafür, weil Fabrice mich liebt, weil er mir treu ist, weil er mich seine Prinzessin nennt und sich nach meinem königlichen Verwöhnprogramm bedankt, ach, da könnte ich jedes Mal heulen, mich mit Schleifpapier abscheuern, mir die Schande herausreißen.« Ich drückte ihr die Hand. »Selbst wenn meine Haut allmählich hängt, hier am Hals, an den Oberarmen, von den Brüsten ganz zu schweigen, verfluchte Schwerkraft, findet er mich schön, ha, eine schöne Nutte!« Fabrice und sie hatten noch immer nicht geheiratet – ihm gefiel, dass sie voneinander sagen konnten: *Das ist meine Verlobte, das ist mein Verlobter*, dass ihre Beziehung ein Versprechen, eine Verheißung war, »na ja, und das Wort *Verlobte* bringt alle zum Träumen, die es noch nicht sind«, fügte Odette resigniert hinzu, »besonders die in meinem Alter.«

Mit dreiundvierzig Jahren arbeitete sie weiterhin für Odylique. »Was für ein Kackname, Betty, du hast ja keinen Schimmer, reimt sich auf schick, sagen die Frauen, reimt sich auf Fick, sagen die Männer, ich hätte gute Lust zu kündigen, den ganzen Mist hinzuschmeißen und mit Fabrice alt zu werden, eine hutzlige Omi irgendwann, denn wenn man alt ist, steckt die Schönheit einfach im Altsein.«

Und ich musste an die junge Frau von Fabrice' Foto denken, die ihr so ähnlich sah.

Im darauffolgenden Monat kehrte André zurück, glücklich wie ein Seefahrer nach einer erfolgreichen Überfahrt, die ihm einen Sack voll Gold und ein paar andere Schätze, für Sébastien und mich, eingebracht hatte. Es war ein Feiertag, eine Feierwoche. Sébastien saß auf seinem Schoß und verlangte mehr, »erzähl mir mehr«, und ich beobachtete die beiden Männer meines Lebens mit unendlicher Liebe und Zärtlichkeit und betete, dass nichts dieses Glück jemals trüben würde.

Später im Bett bot ich mich meinem Mann an, wie ich es noch nie zuvor gewagt hatte, ohne jede Zurückhaltung, ohne jede Scham, ich ergab mich selig seinen ungeduldigen Fingern, seinem ausgehungerten Mund, seinen neuen, verwegenen Begierden.

Mein Stiefbruder Michel und seine Einbrecherbande wurden erneut verhaftet, nachdem sie Folter und Barbarei wieder in Mode gebracht hatten. Sie hatten sich gegenüber einem alten Ehepaar als Polizisten ausgegeben, drei Finger mit der Gartenschere abgeschnitten, um an drei Ringe zu kommen, zwei Ohrläppchen für zwei Ohrringe abgerissen, das ganze Haus verwüstet.

Françoise zeigte keine Reaktion. Sie schrie nicht. Zerbrach nichts. Sie nahm einfach Papas Hand und sagte: »Bring mich irgendwohin, wo es nur schöne Dinge gibt. Bitte.« Und Long John Silver schloss sie in die Arme, zog sie an die Brust und fuhr mit ihr in die Toskana, dem Meisterwerk Gottes und der Menschen, wo die Felder im Wind wogen wie das Meer, wo die Zypressenalleen bis in den Himmel führen, wo die kühlen Kirchen Tränen trocknen. Sie blieben lange, besichtigten sogar Häuser, die zu vermieten, zu verkaufen waren – weit weg von Mofalärm und Bad Boys, in Dörfern, wo man seine Haustür unverschlossen, das Essen auf dem Tisch stehen lassen konnte. Françoise linderte ihre mütterliche Verzweiflung mit der Schönheit der Welt, und als das harte Urteil gegen ihren Sohn gefällt war, wollte sie nichts davon wissen. »Ich bin nicht die erste Mutter, die ein Kind verliert«, flüsterte sie.

Und Papa weinte.

»Großartig!«, rief Fabrice, als ich sein kleines Studio betrat.

Ich hatte mir am Vortag die Haare geschnitten, damit sie wie auf den vorherigen Bildern fielen.

Ich zog meine Bluse an, ließ zwei Knöpfe offen. Ich stellte mich vor den perlweißen Hintergrund, ins raue, elegante Licht. Ich stemmte die Hände in die Hüften, lächelte nicht, ließ nur ein, zwei Millimeter Platz zwischen den Lippen, beobachtete Fabrice' Finger knapp über dem Objektiv.

Es klickte.

Es blitzte.

Das fünfte Bild.

Mit fünfunddreißig Jahren geriet mein Leben aus den Fugen.

Dreißig bis dreißig

Die fünf Bilder lagen nebeneinander auf dem Tisch.

Fünf Gesichter in Schwarz-Weiß. Immer dasselbe. Meins. Ein Bild pro Jahr seit fünf Jahren. Die Zeit verging so schnell. Sébastien wuchs heran. Long John Silver verlor die letzten Haare.

»Es ist unglaublich«, sagte Fabrice schließlich, »schau nur, schau hin!« Und ich wusste, was ich schon länger ahnte, auch wenn ich meinen Augen nicht trauen wollte.

Ich wusste um das Chaos, das sich anbahnte.

Ich wusste um die Freude und die Fassungslosigkeit.

Ich wusste um den Segen und den Fluch.

»Schau«, wiederholte Fabrice, »es ist dasselbe Gesicht.«

»Ich weiß.«

»Nein, ich meine, wirklich *dasselbe*, Betty!«

Er holte die fünf Negative meiner Bilder, legte sie übereinander und hielt sie gegen das Licht.

»Schau, bis auf die Kopfneigung, die nicht auf jeder Aufnahme exakt gleich ist, die Armhaltung, die sich ein bisschen ändert, die Frisur, ist es seit fünf Jahren genau dasselbe Gesicht, Betty, das ist völlig verrückt. *Dasselbe Gesicht!* Die Zeit hat überhaupt keinen Einfluss auf dich. Hinterlässt keine Spuren. Dieselbe Haut. Dieselben Poren. Nicht eine Falte in fünf Jahren, nicht eine welke Stelle. Phantastisch!«

Hinter uns hüstelte Odette. Sie hatte eine Flasche Birnenlikör in der Hand. »Der ist auch *phantastisch*«, sagte sie, »acht Jahre alt, aber schon ein Tattergreis«, und sie lachte – ein freudloses Lachen.

Im selben Alter, in dem Mamans Jugend sich für immer auf ein letztes Polaroid gebrannt hatte, in dem ihre Schönheit von einem ockergelben Ford Taunus fortgerissen worden, in dem sie mitten im Flug erstarrt war, so wie ein Pinsel die *Schöne Gärtnerin* hatte erstarren lassen, von der niemand wusste, was nach dem Porträt vor fünfhundert Jahren aus ihr geworden war – hatte die Zeit ihr Gesicht zerfressen, ihre Augen verschlungen, ihr Herz zerquetscht? –, in jenem Alter also war auch bei mir irgendetwas stehen geblieben.

Seit meinem dreißigsten Geburtstag alterte ich nicht mehr.

Mein Mann und unser Sohn schlafen noch.

Ich stehe auf, schließe mich im Badezimmer ein, setze mich auf den Badewannenrand und betrachte mich im Spiegel. Zitternd berühre ich meine Stirnwölbung, streiche mit einem Finger über mein Gesicht, betaste die Wangenknochen, drücke auf die Lippen, fahre über den weichen Rand des Mundes, über das Kinn, den Kiefer, lasse eine Hand zum Hals wandern, zur Kehle, zur Schulter, zu den festen, runden Brüsten – ich denke liebevoll daran zurück, wie Jean-Marc Delahaye sich ungeduldig darüber hergemacht hat, in seinem Kinderzimmer, unter dem Blick des Rennfahrers Giacomo Agostini, wir waren siebzehn Jahre alt und für immer jung –, streichle den flachen Bauch, die straffe Haut, die schmale Hüfte, die langen, blassen Beine, vielen Dank, Maman, und Tränen steigen mir in die Augen. Mir fallen Sādhus (eigentlich Liliane-Berthes) Bemerkungen wieder ein, die der anderen Yogaschülerinnen, Odettes: »Du hast dich kein bisschen verändert, *ma chère*«, die meines großen Liebhabers mit einundzwanzig: »Sie besitzen eine Schönheit, die nicht verwelkt, Betty, es ist sonderbar, sehr sonderbar« – damals habe ich es für Schmeichelei gehalten, für Honig um den Mund einer jungen Frau, und ich erinnere mich an das Versprechen, das André mir am Strand von Nizza gegeben hat, inmitten all jener Frauen, die den Kampf verloren hatten, als ich ihn fragte, ob er mich immer so begehren würde, wie ich bin, wie ich später sein würde: Hatte er damals schon bemerkt, dass ich mich nicht verändere, er, der bei blauem Himmel zuverlässig das Aufziehen eines Unwetters vorhersagt, die zukünftige Schönheit in einem Ahornstamm erkennt, er, der mein Gesicht mit rauen Händen liebkost wie verbrannte Erde und den Zauber wiedererweckt, die Tage und Nächte ohne ihn auslöscht, er, der dem Warten die Zerbrechlichkeit nimmt, dem gefällt, was die Zeit offenbart?

Ich betrachte mein Gesicht im Badezimmerspiegel und lächele.

Hier bin ich also.

Hier ist mein Gesicht, über das die Zeit hinwegrauscht wie klares Wasser. Mein Gesicht, wie das der *Schönen Gärtnerin* im Louvre, die Maman so überwältigt hatte, weil sie seit fünfhundert Jahren zwanzig ist, dieses ewig weiche, freundliche, faltenlose Gesicht.

Hier bin ich, ein Wunder, ein Ungeheuer.

Der Traum aller Frauen.

Ich lache los, denke an die Freude, die mich von jetzt an erfüllen wird, wenn ich jeden Morgen aufs Neue makellos erwache, wenn ich endlos den Rausch der Jugend, die Verheißung aller Möglichkeiten genieße; ich darf träumen, ohne brutal geweckt zu werden, leben, ohne mich vor dem Tod, vor der Einsamkeit zu fürchten.

Alt zu werden, ist schmerzhaft und unbarmherzig. Wir können nichts dagegen tun, dass die samtige Glattheit schwindet, dass unsere Haut sich verfärbt, erschlafft, hängt, dass die Blicke ausbleiben, die sich zuvor bei einem zufälligen Spaziergang auf uns gerichtet haben, diese hungrigen, oft gierigen Blicke, bei denen wir uns schön fühlen, köstlich, und deren Hartnäckigkeit, manchmal sogar Vulgarität uns preist.

Alt zu werden, bedeutet zuzusehen, wie unser Platz auf der Erde schrumpft, wie unsere Schatten verkümmern. Es bedeutet, am Ende nicht mehr gesehen zu werden.

Hier bin ich.

Jung in einem Alter, in dem die Jugend sich eigentlich davonmacht.

Eine kuriose Seltenheit.

Wir Menschen schauen uns täglich im Spiegel an und sehen, dass wir jung sind, oder *wissen* es bei ungünstigem Licht zumindest.

Ich habe mal irgendwo gelesen, dass wir nicht wahrnehmen, wie wir altern.

Die ersten Falten schreiben wir einer übermäßigen Muskelaktivität zu und nennen sie Ausdrucksfalten, das klingt harmloser, unsere Wachsamkeit lässt nach, wir ignorieren das dichte Runzelnetz, mit dem die Zeit heimtückisch unser Gesicht überzieht, waagerecht und senkrecht und schräg, die Krähenfüße an den Augen, deren Farbe so schmeichelhaft ist – *Lachfältchen*, wie auch immer.

Dann kaufen wir einen Vergrößerungsspiegel und schwanken leicht, weil das alles letzte Woche doch noch nicht da war. Wir erkennen, dass Haut und Muskeln rund um die Augen schlappmachen, dass das Oberlid, das man vor dem Ausgehen gern grau oder bronzefarben oder golden bepinselt hat, schwer geworden ist und dem Blick seine Wachheit, seinen Charme nimmt – außer natürlich, man heißt Charlotte Rampling –, und wir setzen uns die Lesebrillen auf und nähern uns noch ein bisschen mehr dem gemeinen Spiegel, bloß um zu entdecken – und plötzlich weinen, schreien, alles zerschlagen, ja, sogar sterben zu wollen –, dass das ehemals rund um die Augen verteilte Fett nach unten gerutscht ist und an diesem Schreckensmorgen Säcke bildet, Säcke voll Tränen, um die verfliegende Zeit, den verlorenen Kampf, die vergängliche Ewigkeit zu beweinen.

Von dieser Tragödie erholt man sich nur schwer. Sie streckt uns nieder.

Deshalb stopfen wir uns mit Fluctin voll, verordnen uns Anafranil oder gleich das Skalpell. Wir schauen uns Fotos von früher an, wollen wieder aussehen wie mit zwanzig, bis wir am Ende das Handtuch werfen und uns ergeben.

Diese Verzweiflung werde ich nie verspüren.

Draußen geht die Sonne auf, ihr Licht flutet nach und nach das Badezimmer, als würden Rollläden hochgezogen.

Ich höre meinen Sohn in die Küche stolpern – er ist immer der Erste morgens –, höre, wie die Kühlschranktür geöffnet wird, das Milchkännchen auf den Tisch knallt, gegen den Rand der Keramikschale stößt, wie die Stuhlbeine über die Fliesen schrappen.

Ich wasche mir das Gesicht mit kaltem Wasser.

Ich habe weder Ringe noch Schatten unter den Augen.

Die Jugend bietet auch den Vorteil, dass kurze Nächte keine Spuren hinterlassen.

André klopft an die Badezimmertür. »Ich bin so gut wie fertig, mein Herz, ich komme gleich runter.«

Aber zuerst werfe ich mit unbeschreiblicher Befriedigung alles weg, was den Waschbeckenrand zustellt: Anti-Age- und Falten- und Liftinggele, reichhaltige und

aufpolsternde und straffende Öle, Augen- und Lippen-
seren, alles bis auf meine Feuchtigkeits- und Sonnen-
creme, die Basis, ohne die man sich laut Odette »die
Kugel geben« kann.

Dann geselle ich mich zu meinen Männern in die
Küche.

Hier bin ich also.

Hagop Haytayan, unser Hausarzt, seit wir ein eigenes Haus hatten, brach in schallendes Gelächter aus.

»So etwas gibt es nicht, Betty! Nicht zu altern ... Alles altert. Männer, Frauen, Bäume, Pflanzen, Hunde, zum Glück, Staubsauger, Fernseher, Lieder, Theorien, André!« »Aber ich nicht.« »Aber Sie nicht ...« Er wurde ernst. »Aber Sie nicht. Haben Sie mit ihm darüber geredet?« »Nein.« »Gut. Wir nehmen Ihnen erst einmal Blut ab und sehen dann weiter.« Jetzt lächelte er wieder, ein Lächeln, das seine Augen zum Funkeln brachte. »Aber ich glaube, Sie machen sich unnötig Sorgen, Betty.«

Mit dreißig (fünfunddreißig) Jahren waren meine Harnsäure-, Albumin-, Cholesterin-, Kreatinin-, Blutzucker-, Hämoglobin-, Triglycerid-, PSA- und TSH- und BSG-Werte vollkommen unauffällig. Röntgenaufnahmen meiner Knochen ergaben dasselbe: Meine Knochenmasse war seit dem zwanzigsten Lebensjahr stabil und würde ab dem vierzigsten langsam sinken, erklärte man mir. Ein MRT schnitt meinen Körper in Scheibchen und fand nichts daran auszusetzen, es war der Körper einer sehr gesunden Fünfunddreißigjährigen. Eine Dermatologin, die ein Engelwurzbonbon lutschte – Probleme mit Mundgeruch? –, untersuchte meine Haut nach Strich und

Faden und schätzte sie auf knapp dreißig. Als ich ihr erzählte, dass ich gut fünf Jahre mehr auf dem Buckel hatte, fing sie noch einmal von vorne an, nur um am Ende festzustellen: »Das ist wirklich sonderbar, Ihre Epidermis ist deutlich jünger als Sie.« Sie beriet sich lange mit Doktor Haytayan, die beiden tauschten ihre Akten aus, wechselten ein paar lateinische Wörter und kamen schließlich zum Ergebnis, sie könnten zwar nicht bestätigen, dass ich nicht altere, so wie meine Beweisfotos und ich es behaupteten, gleichwohl sei erwiesen, dass meine Haut alle Merkmale – Faltenlosigkeit, Festigkeit, Elastizität, Leuchtkraft et cetera – der einer jungen Frau von höchstens dreißig aufweise, während das Innenleben meines Körpers – Organe, Muskeln, Knochen et cetera – sehr wohl dem einer Fünfunddreißigjährigen entspreche.

Äußerlich alterte ich nicht. Innerlich schon.

Mein Mann bemerkte nichts, genauso wenig wie unser Sohn. Ein paar Frauen beim Yoga hingegen beäugten neidisch mein frisches Aussehen, meine jugendliche Erscheinung, meine Babypopohaut, was Sādhu (eigentlich Liliane-Berthe) natürlich sofort ihrem Kurs zuschrieb: »Vergesst nicht, meine Damen, das Ziel unserer Arbeit ist die Befreiung – *moksha* – aus dem Kreislauf der Wiedergeburt – *samsara* – durch das Karma – *karma* –, und Betty hier hat ein sehr gutes Karma, o ja.«

Odette hielt ihre Beautyprodukte für den Grund dieses Wunders, eine einzigartige Alchemie zwischen den Inhaltsstoffen der Cremes und der chemischen Zusammensetzung meiner Haut. »Man müsste dich eigentlich erforschen«, sagte sie belustigt, »wie den Wolfsjungen oder den Elefantenmenschen.« »Na, vielen Dank auch, Odette.« »Ach, entschuldige, so war das nicht gemeint, ich wollte nur …« »Schon in Ordnung, Odette.«

Sie hatte ihren Job als Odylique-Vertreterin immer noch nicht gekündigt – »ich schwör's dir, irgendwann gehe ich dran kaputt« –, weil Fabrice das Wasser bis zum Hals stand: Seitdem man mit dem Handy hübsche Fotos schießen konnte – die man übrigens nicht entwickeln ließ, und das hieß keine Fotoalben mehr, keine auf Papier gebannten Familienfeste, Erfolge, Tragödien, was wollen wir denn unseren Kindern hinterlassen? Kilometerweise Landschaften und Essen, Garnelen, Nudeln, Pürees bis zum Abwinken? –, hielten sich alle für Profifotografen und beauftragten keine Fachleute mehr. Fabrice' Einnahmen waren beträchtlich zusammengeschmolzen, Odette arbeitete doppelt so viel, ihre Augen und Wangen wurden hohler und hohler, und ihre Haut bekam endgültig einen Ascheton, was sie eher wie dreiundfünfzig als fünfundvierzig aussehen ließ.

»Für so was wird man sitzen gelassen, Betty.«

An ihrem Geburtstag weinte sie ganz fürchterlich, Fabrice und André versuchten, sie zu trösten, wandten alle erdenklichen, manchmal sogar aufrichtigen Tricks an, mit denen Männer eine Frau überzeugen wollen, dass sie sehr viel jünger wirkt, dass sie wunderschön ist, dass die Zeit es gut mit ihr meint, dass sie jetzt noch anziehender ist als mit zwanzig oder dreißig. »Ihr seid alles Lügner, Mistkerle!« »Aber nein, Odette, es ist die Wahrheit, beruhige dich, schau dir doch Juliette Gréco an, die ist erst mit fünfzig so richtig sexy geworden, zum Niederknien«, erklärte Fabrice. »Wirklich? Aber hat sie sich nicht die Nase machen lassen?«

Mit dreißig (sechsunddreißig) Jahren stimmte mein Geheimnis mich euphorisch, meine Jugend berauschte mich, ich genoss die Gegenwart, es war, als würde ich nie in der Vergangenheit sprechen müssen.

Mit dreißig (siebenunddreißig) Jahren kostete ich die letzten Stunden der Kindheit meines Sohnes aus, die letzten kuscheligen, einvernehmlichen Momente vor der männlichen Schroffheit, dem Stimmbruch, dem Bartwuchs, dem Drang nach Unabhängigkeit.

In jenem Sommer besuchten wir Françoise und Papa in der Toskana, die für ein Jahr ein Haus in Pitigliano gemietet hatten, einem Dorf auf einem Tuffsteinfelsen. Der Blick von ihrer Terrasse auf die Schluchten der Lente war schwindelerregend und beruhigend zugleich und machte das fehlende Bein, den im Gefängnis in Poissy sitzenden Sohn vergessen. Sie waren glücklich – Schönheit wirkt wie ein Antidepressivum.

Als wir nach ein paar paradiesischen Tagen wieder abreisten, schaute Papa mich komisch an und sagte: »Tschüs, Paule.«

Paule. Mamans Vorname.

Ich schwankte.

Vielleicht werden wir zu denjenigen, die wir missen.

Vielleicht füllen wir die Lücke aus Angst vor der Leere. Vielleicht kristallisieren wir heraus, was sie waren, um sie für immer bei uns zu haben.

»Tschüs, Paule.«

Mit dreißig (achtunddreißig) Jahren erlebte ich Andrés überwältigende Freude bei der Präsentation seiner ersten Serie von Tischen und Stühlen – er widmete sie seinen Eltern, die ihn alles über die Erde und die Steine, das wirbelnde Wasser und den Schlamm, die prächtige Gewalt der Natur gelehrt hatten. Cassina hatte die Möbel produziert und vertrieb sie nun weltweit, und zwar mit Riesenerfolg, wie sich bald herausstellen sollte, sowohl in Frankreich als auch in Deutschland, Schweden, den USA.

Mein Mann verwirklichte seine Träume. Die Zeit war ihm gewogen.

Ich bemerkte wohl, wie die Frauen ihn plötzlich mit anderen Augen sahen – und ihm entging es auch nicht –, wie sie sich manchmal auf die Unterlippe bissen, während sie ihn beobachteten, als würden sie ein Laken festhalten, einen Schrei ersticken, ich fand es unanständig, ekelerregend, aber er beruhigte mich immer, und das brachte mich den Tränen nahe.

Er liebte mich nicht nur, sondern gab mir den Vorzug.

Eines Morgens kurz nach dem Aufwachen, als seine rauen, geschickten Finger mir gerade einen Orgasmus beschert hatten, sagte er mir wieder, wie schön ich sei, und fügte zum allerersten Mal hinzu: *Du bist immer noch dieselbe, Betty.*

Das war ein gefährlicher Satz.

War ihm aufgefallen, dass ich mich nicht veränderte? Ahnte er, was ich verschwieg, was einerseits wie ein Traum, andererseits wie eine Abscheulichkeit erschien?

Und wenn er es wirklich wusste, hielt er mich dann für krank oder abnormal? Fürchtete er die Vorstellung, dass ich schlagartig, grundlos altern könnte? Bisher hatte weder Doktor Haytayan noch irgendjemand sonst eine Erklärung dafür gefunden, was mit mir los war, und das war irgendwie tröstlich. Aber wenn ich an André dachte, bekam ich Angst: Würde er mich weiterhin lieben?

»Das liegt an dir«, antwortete ich ihm schließlich. »Du hältst mich jung. Es ist für dich, André.« Er lächelte, stieg aus dem Bett, »du bist eine erstaunliche Frau, Betty.«

Sébastien wurde bald dreizehn. Er war in der achten Klasse, in der die neue Schulcharta festlegte: *Außerschulisches Engagement soll den jungen Menschen erlauben, sich ein privates und berufliches Leben aufzubauen und verantwortungsbewusste Bürgerinnen und Bürger zu werden.* Also meldeten wir ihn bei einem Fußballverein an, wo er sich als einigermaßen talentierter Torwart erwies. Am Wochenende brachte ich ihm die Namen von Malern, Schriftstellerinnen, einigen Filmemachern näher, André das Angeln, Stille, Geduld und die Vielfalt der Bäume. Unser Sohn kam ohne Drama, ohne Krisen in die Pubertät, genau wie ich damals, und daran hatte die Sanftheit, das Wohlwollen und auch die Freundschaft seines Vaters einen großen Anteil.

Françoise und Papa kehrten aus Italien zurück zu ihrem Häuschen, neuen Nachbarn, aggressiven Hunden, wütenden Kindern, zerbrochenen Scheiben und noch ein paar Kreisverkehren mehr. Ihr Rentnertag neigte sich dem Ende, sobald die Nachbarn zur Arbeit aufbrachen, die Untätigkeit schwelte, Schweigen machte sich breit, die Stimmung verdüsterte sich, und als ich sie eines Nachmittags besuchte, nahm Papa mein Gesicht in die Hände und wollte mich küssen.

Mit dreißig (achtunddreißig) Jahren nahm Fabrice mein achtes Porträt auf.

Dasselbe Licht, derselbe perlweiße Hintergrund, dieselbe Bluse, und noch immer nicht lächeln, Betty, so wie Peggy Daniels.

Das Foto bestätigte, dass ich in acht Jahren keine einzige Falte bekommen hatte.

»Die kriege stattdessen alle ich«, brummte Odette niedergeschlagen.

Mit dreißig (neununddreißig) Jahren hörte ich, wie alle, Jordi Savalls Gambe in Dauerschleife, wegen Alain Corneaus Film *Die siebente Saite*, bevor ich mich, wie alle, wieder anderen Liedern widmete. Cindy Lauper. Queen. Emmylou Harris.

Als André und ich einmal in einem Restaurant saßen, beäugte uns ein Pärchen am Nebentisch, und die Frau flüsterte ihrem Begleiter etwas zu. Das missfiel André irgendwie, er musterte mich seinerseits mit einem melancholischen Blick, den ich von ihm nicht kannte.

Ich schenkte dem Ganzen keine große Aufmerksamkeit. Heute weiß ich, dass das ein Fehler war.

Papa musste sich diversen Untersuchungen im Krankenhaus unterziehen. Sein Gedächtnis war überladen, wie allzu vollgestopfte Schubfächer, die sich nicht mehr öffnen ließen. Seine Erinnerungen gerieten durcheinander. Manchmal, wenn wir zusammen im Garten saßen, starrte er mich eine Weile lang staunend an und begann zu weinen. Die Tränen liefen ihm über die Wangen, und er wischte sie nicht weg.

Manchmal fragte er auch, wo sein Bein stecke. Ob er so geboren worden sei. Ob es irgendwann wieder nachwachse.

Dann weinte Françoise.

Odette kapitulierte. In knapp zwei Jahren wurde sie fünfzig. Jüngere, hübschere, belastbarere Frauen – »kleine Schlampen, alle miteinander« – hatten es auf ihren Job abgesehen. »Außerdem bin ich ja nicht blind, ich merke doch, wie Fabrice' Blick an diesen Miststücken klebt, der sucht keine Modelle für sein Buch, sondern was ich verloren habe, Betty, das macht den Männern Angst.« Und ohne irgendjemandem, vor allem nicht *ihrem Verlobten*, Bescheid zu geben, fuhr sie eines grauen Morgens in eine Schönheitsklinik und ließ sich Gesicht und Hals straffen.

Achtundvierzig Stunden später kehrte sie mit ein paar blassen Blutergüssen zurück, voller Hoffnung und Zärtlichkeit, aber ihr Verlobter nahm sie nicht in den Arm, sagte kein Wort. Mit einem eigenartigen und traurigen Lächeln versprach sie ihm, dass die gestraffte Haut nichts ändern würde, schon gar nicht ihr besonderes Talent, aber Fabrice blieb distanziert, wie ein Kind, das sich zum ersten Mal verbrannt hat, seine Lippen zitterten, er brachte keinen Ton heraus, und diese Stille war schrecklicher, vernichtender als alles andere.

Sie würden sich neu kennenlernen müssen, Worte, Gesten erfinden, um es zu benennen.

Diese Verwüstung, die Odette für Liebe gehalten hatte.

Mit dreißig (vierzig) Jahren erschütterte mich ein auf neuseeländischem Sand gestrandetes Klavier, Jane Campions Schmerz, als sie einen Monat nach ihrer Goldenen Palme ihren elf Tage alten Sohn verlor, *alle Leute fragten nach meinem Baby, mir lief die Milch aus den Brüsten*, und ich wünschte mir, dass er bei meinem Kleinen wäre, das nicht hier hatte leben wollen.

Mit dreißig (vierzig) Jahren schmiss ich ein riesiges Fest zu meinem vierzigsten Geburtstag.

Alle Frauen vom Yoga waren da, mit ihren Ehemännern, ein paar Kolleginnen von La Redoute, wo ich inzwischen zur Kreativleiterin befördert worden war, »oh, là, là, *ma chère*«, ein paar Mamans und Papas von Sébastiens Mitschülern, mit denen wir uns gut verstanden, und ehemalige Kommilitoninnen und Kommilitonen, die ich lange nicht getroffen hatte – die Mädels aus der Zeit im Pubstore, vom verrückten Bardot-Abend in schwarzem Body und grünem Rock, die hübschen Jungs von damals, die Grapscher und Großmäuler, die weder die Welt verändert hatten noch Anti-Apartheid-Aktivisten in Amerika oder Südafrika geworden waren, deren Kampfgeist sich in Kilos verwandelt hatte und die jetzt als Versicherungsvertreter, Geschäftsführer, Anwälte oder Berater arbeiteten, weil man ja von irgendwas leben, seine Familie ernähren muss, einen gewissen Standard hat, den Kredit für das Haus abbezahlen und Geld auf die Seite legen will für eine Woche All-inclusive-Urlaub oder einen Porsche später einmal, damit die ganze Welt sieht, dass man sich sein inneres Kind bewahrt hat. Einer von ihnen sprach mich an, ich erkannte ihn sofort, und mein Herz spielte verrückt – Verräter! Er beglückwünschte mich zu meiner Grazie, und dieses altmodische Wort ließ mich dahinschmelzen, dann fragte er mich nach Betty, die er aufgrund unserer Ähnlichkeit für meine große Schwester hielt. »Ich bin Betty.« Er lachte. »Nein, das kann nicht sein, Betty ist mindestens zehn Jahre älter als Sie.« Ich lächelte. »Wissen Sie, ich habe sie gut gekannt, ich glaube sogar, sie hat heimlich für mich geschwärmt.« Seine Worte waren wie Messerstiche in die Brust. »Du hast es gewusst?«, flüsterte ich, »du hast es gewusst und sie mit ihrem Begehren alleingelassen?« Er runzelte die Stirn und erwiderte leise: »Begehrt zu werden, hat etwas Schmeichelhaftes.« »Und es auszunutzen, etwas Niederträchtiges«, gab ich zurück. »Das verstehe ich nicht, hat Betty Ihnen von mir erzählt? Wenn sie immer noch so hübsch ist wie damals, bitte ich sie um Verzeihung.« »Eine Frau verzeiht vielleicht einen Fauxpas, Christian, aber keine verpasste Gelegenheit, also nein, du hast keine Chance mehr bei mir, mein Liebeskummer ist auf der Kunstlederbank im Pubstore geblieben.« Seine viel zu glänzenden Augen musterten mich von oben bis unten. »Betty, mein Gott, Betty, du bist es tatsächlich, du hast dich kein bisschen verändert, das ist unglaublich.« Er strich mir übers Haar, ich wich zurück. »Ich erinnere mich an deinen Bubischnitt à la Jean Seberg in *Die heilige Johanna*, deine flatternden

Röcke.« »Nur für dich ausgewählt.« »Die flüchtigen Blicke, ich war ein Idiot, ein Egoist, mein Gott, wie kann es sein, dass du nicht gealtert bist wie wir alle, ich hätte dich heiraten sollen.« »Hör auf damit.« »Dich hätte ich nie für eine Jüngere verlassen müssen.« »Hör auf, Christian, das ist nicht lustig, deine Gleichgültigkeit war verletzend, aber das ist lange her, ich bin glücklich, ich liebe und werde geliebt, wir haben sogar einen Sohn, einen wunderbaren Jungen, und was ist mit dir? Zum großen Regisseur, wie du es dir erträumt hast, Godard, Truffaut, hat es wahrscheinlich nicht gereicht, oder?« »Das weißt du noch, Betty? Stimmt schon, ich bin kein Regisseur geworden, das hättet ihr wohl mitbekommen, bloß der Chef einer Druckerei für Supermarktprospekte, Jahresberichte, Hochzeitsmenüs.« »Immer noch verheiratet?« »Zweimal geschieden.« »Bist du glücklich?« »Willst du das wirklich wissen?« »Nein.« »Darf ich dich wiedersehen, irgendwann auf einen Kaffee einladen?« »Nein.«

Er senkte den Kopf, öffnete den Mund, brachte aber kein Wort heraus, dann ließ er sich fortreißen, von der Menge der Gäste verschlucken, die tanzten, tranken, lachten, sich kennenlernten, wiedertrafen, und mein Herz hörte auf zu trommeln.

Später sangen die Ehemaligen von der Uni, die alle schon ein wenig angeschickert waren, *Ohio* von Neil Young, unsere frühere Hymne, die Yogafrauen stimmten mit ein, und mir stiegen Tränen in die Augen, schwemmten all diese sorglosen, fröhlichen Jahre an, in denen man das unerhörte Glück, am Leben zu sein, gar nicht ermisst. Plötzlich pressten sich Andrés Lippen auf meine Wange, tranken die Tränen, der Mann meines Lebens umschlang mich, zog mich an sich, an sein hartes, hitziges Verlangen.

Ich gesellte mich zu den Yogafrauen, die sich, angeführt von Sādhu (eigentlich Liliane-Berthe), wie Schlangen auf der Tanzfläche wanden und den Männern die Köpfe verdrehten, ließ gleich mehrmals den Mambo von Misraki auflegen, der Brigitte Bardot zum Weltstar gemacht und einen empörten Aufschrei der Legion des (Un-)Anstands hervorgerufen hatte, und es war wie am ersten Tag, wir waren fiebrig, verführerisch, wir waren der Körper der Leidenschaft, wir waren der Teufel, höllisch heiß. Odette flog von Arm zu Arm, streichelte den Männern die Wangen, »sag mir, dass ich schön bin, mein Großer«, Alkohol und Stimmung befreiten die Worte aus ihrem Käfig, und Fabrice bremste *seine Verlobte* nicht, bat sie nicht, sich zurückzuhalten, er wusste, dass sie ihm nur zeigen wollte, wie begehrenswert sie noch war, wie leicht sie die Männer um den Verstand bringen konnte – »die Reglosigkeit ihres Gesichts erinnert an den Tod«, beichtete er mir voller Grauen. Einige ehemalige Kommilitoninnen wollten unbedingt erfahren, welche Pflegeprodukte ich benutzte, welchen Chirurgen ich aufsuchte, welchen Yogakurs ich belegte, welche Nahrungsmittel ich zu mir nahm, welchen Joghurt, welches Obst, welches Wasser. Ich versicherte ihnen, dass ich nichts Besonderes machte, sie nannten mich undankbar. »Wir haben zusammen um Vietnam geweint, Betty, sind zu Pink Floyd nach Paris gefahren, das ist mies von dir, wirklich mies, so ein Geheimnis für dich zu behalten, das Geheimnis der Jugend, unfassbar!« »Aber Mädels, ich schwöre euch, dass ich …«, und wir brachen in Gelächter aus.

Der Abend war großartig. Im Morgengrauen endete er zu unser aller Bedauern. Ein paar Gäste verabschiedeten sich, die meisten anderen, darunter auch mein Mann,

Odette und ich, torkelten und tanzten fröhlich bis zum ersten Bistro, wo wir draußen ein ordentliches Frühstück verschlangen, noch ein bisschen länger scherzten und lachten, einander versprachen, uns bald wiederzusehen, uns eine letzte Stunde an das klammerten, was uns langsam entglitt. Irgendwann stand Christian mit wackeligen Beinen auf, erhob unsicher die Kaffeetasse und lallte: »Trinken wir auf Betty und, wenn du erlaubst, André, auf ihre Schönheit und ihre Jugend, die sie sich als Einzige bewahrt hat, während wir anderen alte Ta-«

Er beendete seinen Satz nicht.

Er kippte um, erhaben, mitleiderregend, sturzbetrunken.

Mit dreißig (einundvierzig) Jahren schlug mir die Erschöpfung meiner Ovarialfollikel und damit die sinkende Produktion von Progesteron und Östrogen auf die Stimmung: Ich hatte traurige Phasen, Ängste, häufig Migräne, Schmerzen in den Brüsten, Hitzewallungen und – zur großen Freude meines Mannes – mehr Lust auf Sex. »Perimenopause«, diagnostizierte Hagop Haytayan. »Jetzt schon?«, fragte ich, »aber wie ist das möglich? Glauben Sie, dass ich innerlich schneller altere, als Ausgleich?« Er setzte eine verständnisvolle Miene auf. »Sie gehören zu den zehn Prozent Frauen, bei denen das Phänomen verfrüht auftritt, also nein, es handelt sich nicht um einen Ausgleich oder Ähnliches, außerdem haben Sie Glück, weil Sie wie nur unter ein Prozent der Frauen in dieser Zeit nicht zunehmen. Trotzdem ist es natürlich ein wenig skurril, mit einer Dreißigjährigen über die Perimenopause zu sprechen.«

Als ich eines Morgens aufwachte, saß André auf der Bettkante und schaute mich an.

Ich traute mich nicht, ihn nach dem Grund zu fragen.

Sébastien wurde sechzehn. Er fing an, sich von uns zu lösen, nach und nach, ohne uns zu verletzen. Erwachsen zu werden, ist brutal, man muss einen schwierigen Verlust verkraften: Einerseits will man frei sein, unabhängig, gleichzeitig aber weiter vom Schutz profitieren, den man als Kind genossen hat, man fährt die Ellbogen aus, stößt gegen die Mauern der Welt, vermisst seinen Platz darin. Als sein Vater wieder einmal für ein paar Wochen in Schweden war, fragte er mich, ob er schön sei, anmutig, gefällig. »Und überhaupt, Maman, wie lernt man jemanden kennen, woher weiß man Bescheid?« Am nächsten Tag ging ich mit ihm einkaufen, ließ ihn aussuchen, was er wollte. Er kam im Mod-Look aus der Umkleidekabine – Button-Down-Hemd, zweiteiliger Anzug, Weste mit drei Knöpfen, Skinny-Hose. »Wenn du jung wärst, Maman, ähm, ich meine, wenn du in meinem Alter wärst, würdest du dann mit mir ausgehen?« »Ja, Sébastien, ja, ich fände dich sehr attraktiv.« Mir gefiel, dass er mich noch brauchte.

Odette hatte sich die Lippen aufspritzen lassen, »mein Mund hat nicht mehr zum Rest des Gesichts gepasst, Betty, volle Lippen sind einfach sexy, und laut dem Onkel Doktor kaschieren sie auch die Nasolabialfalten. Guck!«

Sie tat mir leid.

Ich war ihr mit sechzehn zum ersten Mal begegnet, als sie in den Nouvelles Galeries als Verkäuferin gearbeitet hatte, damals war sie fünfundzwanzig gewesen und keine Schönheitskönigin, aber sie hatte eine Lebensfreude versprüht, die sie begehrenswert gemacht hatte.

Die Schönheitschirurgie ist eine Droge, weckt endlose Hoffnungen, nach dem Gesicht die Lippen, nach den Lippen die Lider, nach den Lidern die Brüste, nach den Brüsten der Bauch, nach dem Bauch die Knie, und die Zeit verstreicht, und zum Zeitvertreib beginnt man wieder von vorn, man hält sich für immer jünger und schöner, immer perfekter, während die anderen einen für ein Bild des Jammers halten. Fabrice betrachtete Odette nicht mehr mit den Augen eines Mannes, sondern mit denen eines Fotografen, und so gelang es ihm schließlich, diese Verunstaltung schätzen zu lernen, die eigentlich als Liebesbeweis gedacht gewesen war, fast als Unterwerfung, als Zeichen der Zusammengehörigkeit, wie die Ziernarben der Giziga in Kamerun. Odette war zu einem Motiv geworden, das ihn faszinierte, einem *Objekt*. Ich wiederum schätzte meine Freundin, verstand ihre Angst, für *ihren Verlobten* nicht mehr schön, nicht mehr jung genug zu sein, und ich hoffte, dass sie sich jetzt endlich selbst schätzte.

Andrés Vater starb in jenem Jahr an einem gerissenen Aneurysma, einer kleinen Granate im Kopf. Er wurde oben im Norden begraben, in der tonhaltigen Erde, die er so gemocht hatte, weil sie sich ausdehnt und zusammenzieht wie das menschliche Herz. »Sie ist lebendig«, hatte er immer gesagt.

»Dort werde ich wieder Erde.

Ich werde die Erde.«

Mit dreißig (zweiundvierzig) Jahren wurde mir mein Glück zum Verhängnis.

Seit zwölf Jahren sah ich aus wie eine Dreißigjährige, obwohl ich inzwischen zweiundvierzig war.

Seit zwölf Jahren fiel niemandem in der Nachbarschaft auf, dass ich mich nicht veränderte. Man bemerkt, dass ein Mann sich verändert, wenn er sich Haare implantieren lässt oder plötzlich ein Sportcabrio hat und eine Frau im Alter seiner Tochter am Arm, man bemerkt, dass eine Frau sich verändert, wenn sie zunimmt, die Haarfarbe wechselt, stabilere Absätze trägt, aber wenn man dieselbe bleibt, genau dieselbe, dann sind die Leute blind. Vielleicht gefällt ihnen die Vorstellung, dass auch sie sich nicht verändern – der Spiegeleffekt.

Seit zwölf Jahren freute ich mich auf jeden neuen Morgen, an dem sich mein makelloses Gesicht im Blick meines Mannes widerspiegelte, im Badezimmer, draußen auf der Straße im Lächeln der Männer, ob jung oder alt, seit zwölf Jahren wurde ich mit Komplimenten beglückt. Ich lächelte beim Gehen vor mich hin, wie damals mit achtzehn, ich lebte den Traum, frisch zu sein und es auch zu bleiben, ohne Beautyprodukte und Skalpell, ohne Erklärung.

Ich war eine unvergängliche Verheißung.

Für Odette hing das alles eindeutig mit Maman zusammen. »Dir ist genau in dem Alter bewusst geworden, dass du dich nicht mehr veränderst, in dem sie gestorben ist, du hast aufgehört zu altern, um für immer jünger zu sein als sie, vielleicht sogar, um deinen Vater zu quälen, weiß der Geier, oder ihn nicht im Stich zu lassen – ach, das Ganze ist viel zu kompliziert!«

Für Fabrice wiederum war es eher Poesie, Magie, ein Wunder, das ich einfach annehmen sollte, auch wenn ich den Grund dafür nicht kannte, wie eine Blume oder die Erlösung.

Für André aber wurde es nach und nach unnormal, störend, denn obwohl uns laut Personenstandsbuch nur sechs Jahre trennten, betrug der sichtbare Altersunterschied mittlerweile beinahe zwanzig.

Eines Morgens schließlich stellte er mir die Frage.

»Was passiert hier, Betty?«

Ich konnte nicht antworten. Mein Herz drehte durch. Ein Wort, und ich hätte losgeheult.

»Was passiert hier, Betty?«

Die Tränen ließen sich nicht mehr zurückhalten.

»Die Dinge verlieren ihren Schrecken, wenn man sie benennt. Ist es eine seltene Krankheit? Übermäßige Zellerneuerung? Hast du deine Seele verkauft?«

»Ich habe Angst, André, solche Angst manchmal.«

Er trocknete meine Tränen, seine rauen Fingerkuppen scheuerten mir über die Wangen, und ich sah zum ersten Mal etwas Neues in seinem Blick.

Kurz darauf ließ er mich in Paris von Experten untersuchen, die man ihm empfohlen hatte.

Man nahm mich von Kopf bis Fuß unter die Lupe. Führte Biopsien an diversen Körperteilen durch. Scannte mich. Schnitt mich mit Strahlen in Scheiben. Intubierte hier und dort. Machte Rorschach-, Beck- und Coopersmith-Tests. Man kratzte sich am Kopf. Schloss sich ein. Beriet sich.

Man fand allerdings nichts außer den Körper einer gesunden Zweiundvierzigjährigen mit dem verführerischen Erscheinungsbild einer jungen Frau von dreißig.

Auf dem Rückweg schwieg André lange, aber ich kannte ihn gut genug, um zu wissen, dass sein Herz raste, dass er kurz vor dem Taumel stand, der manchmal ein Leben zerstört. Wir waren seit vierundzwanzig Jahren zusammen, wir hatten uns ineinander verliebt, ich war ihm eine treue Ehefrau gewesen, sogar während seiner vielen Reisen, ich hatte ihm alle Zeit geschenkt, die er gebraucht hatte, meine Geduld, mein Vertrauen, damit seine Hände den Schatz offenbaren konnten, der in ihm steckte, ich hatte ihn immer unterstützt, nicht den Mut verloren, wenn er mehrere Monate lang fort war, mich mit Briefen voll fremder Wörter begnügt, *Jatoba, Kauri, Olon, Ramin, Cerejeira*, und erst später herausgefunden, dass es sich um Holzarten handelte, jene unendlichen Weiten, die er erforschte, ich hatte seinen Sohn zu einem freundlichen, kultivierten jungen Mann erzogen und die beiden jeden Tag geliebt.

Als er schließlich den Mund öffnete, brach das Chaos los.

»Ich verlasse dich.«

Nackte Worte sind oft unglaublich brutal.

»Ich verlasse dich.«

Drei Worte ohne ein Fitzelchen Fett. Drei trockene Knöchelchen. Ein Satz wie eine Stahlklinge.

Aber in einem Auto, das über hundertdreißig Stundenkilometer fährt, kriegt man keinen Nervenzusammenbruch.

Also blieb ich ruhig.

Ich drehte mich zu ihm – sein Blick war starr auf die Straße gerichtet. Und ich sah die Jahre auf seinem Gesicht, die ich nicht hatte sehen wollen, die silbergrauen Haare an den Schläfen, die ersten rostbraunen Flecken auf den Händen, die Tränensäcke unter den Augen, die Falten, die auch dann da waren, wenn er nicht lachte, die leicht eingefallenen Wangen, die ihm etwas Zartes verliehen, ich sah die Jahre, die uns trennten, die so schnell vergangen waren – kaum genug Zeit, um die Legende eines Mannes, die Freuden einer Frau zu zimmern –, ich sah die Qualen, sah, wie unser Weg sich teilte, und ich weinte nicht. Stattdessen kochte die Wut in mir hoch. »Das ist mies von dir, André, und so was von feige! Liebe heißt, alles am anderen zu lieben. Ich habe dich in jeder Sekunde geliebt, selbst als du weg warst, schweigsam, zügellos.« Ich senkte den Blick. »Meine Liebe ist bedingungslos, deine oberflächlich. Du verlässt mich, weil dir nicht gefällt, was mit mir passiert. Das ist erbärmlich. Grotesk. Dafür gibt es keine Worte.«

Er hörte sich alles an, ohne aufzubrausen. Dann redete er. »Warum hast du mich so lange angelogen, Betty? Wie konntest du nur denken, dass ich nichts merke, dass ich mir keine Sorgen mache, keine Angst um dich habe?«

Ich wandte den Kopf zur anderen Seite, schaute aus dem Fenster auf die vorbeiziehende Landschaft und fühlte mich plötzlich schrecklich leer. Schrecklich hässlich.

Er fuhr fort: »Ich gebe zu, ich fühle mich betrogen. Weil du mich angelogen hast. Aber noch viel mehr, weil du dich nicht veränderst. Liebe heißt, alles am anderen zu lieben, da stimme ich dir zu – durch die Zeit und ihre Wandlungen hindurch. Ich komme vom Land, ich glaube fest, dass wir die Jahreszeiten brauchen, man kann nicht nur im Frühling leben. Aber du hast nichts gesagt. Ich habe dein Schweigen respektiert, meine Fragen runtergeschluckt und gewartet. Auf dich, Betty. Ich habe davon geträumt, mit dir alt zu werden, an deinem Arm das Jahrhundert zu durchqueren, dich langsam, bildhübsch, altern zu sehen, zu beobachten, wie du dir fluchend die ersten grauen Haare ausreißt, wie du dämliche Grimassen schneidest, um deine Haut zu straffen, wie der Herbst auf deinen Händen anbricht, wie all die wunderbaren Jahre unser Leben, unsere Freuden auf dein Gesicht zeichnen.« Eine Träne glänzte in seinem Augenwinkel. »Was mit uns passiert, ist grässlich. Wirklich grässlich. Ich liebe dich seit dem ersten Lächeln in der Rue de la Monnaie. Aber du musst auch akzeptie-

107

ren, dass ich mich mit einer zwanzig, fünfundzwanzig, irgendwann einmal dreißig Jahre jüngeren Frau nicht wohlfühlen kann. Ich will keinen Sarkasmus, keine bösen Blicke, keinen Neid, ich will nur, dass das Alter meiner Frau unsere Geschichte erzählt, unser gemeinsames Vierteljahrhundert bezeugt, Himmel, schon so lange! Genau wie du damals, Betty, habe auch ich davon geträumt, zusammen mit dir eins dieser alten Pärchen zu werden, die manchmal händchenhaltend auf einer Parkbank sitzen und bei denen die Schönheit aufeinander abgefärbt hat. Aber man wird kein altes Pärchen, wenn die eine vierzig Jahre jünger ist als der andere. Du wolltest irgendwann Großmutter sein, Betty, heiße Schokolade kochen, aber mit dreißig wird man keine Großmutter, man wird keine Großmutter, wenn der eigene Sohn eines Tages älter ist als man selbst, wenn der Ehemann so alt ist wie der Vater, der Großvater …«

Ich musste etwas sagen, irgendwas, um uns vielleicht noch zu retten.

Doch André sprach weiter: »Ich weiß, dass du immer noch *du* bist, Betty, dass du immer noch die Seele und das Herz hast, die ich liebe, aber ich glaube, dass ich mich tief im Inneren fürchte, dich dieselbe bleiben zu sehen. Du bist wie ein Ufer, von dem ich forttreibe und das mich unablässig daran erinnert, dass ich sterben werde.«

Da fing ich an zu schluchzen, meine Hände zitterten, ich sank auf meinem Sitz zusammen, wollte verschwinden, die Beifahrertür aufreißen, diesen Körper, der nicht alterte, hinauswerfen, ihn von den Autos, den Lastwagen zermalmen lassen. Ich war André nicht böse, ich verstand seinen Schmerz, seine Enttäuschung, bat ihn um Verzeihung, dass ich ihm nichts von dem Fluch erzählt hatte, der auf mir lastete, dass ich kein Vertrauen in ihn gehabt hatte, versicherte ihm mehrfach, wie glücklich ich gewesen sei, für ihn schön zu bleiben, jung zu bleiben, dass ich ihn liebte, dass er der Mann meines Lebens sei, dass ich ihn nicht verlassen würde, niemals. Fünf Minuten später hielt er auf einem Rastplatz an, parkte im Schatten der Bäume – Schlehdorne, das hatte er mir beigebracht – weit weg von den übrigen Autos, und wir liebten uns weinend.

Und das war's.

Mamans fehlen.

Meine hatte offene, verständnisvolle, heilende Arme gehabt. Wie gerne hätte ich mich dort noch einmal ausgeweint, mich an sie geschmiegt, noch einmal *Ich bin für dich da* gehört, noch einmal *Ich liebe dich, Martine, egal, was passiert.*

Ich verbrachte ein paar Tage bei Françoise und Papa. Tränenüberströmt kam ich bei ihnen an und fühlte mich plötzlich sehr alt, mein Körper schmerzte, als würde ich an Arthritis leiden – *alt*: wer Nutzlosigkeit, Verlust, Einsamkeit, Erschöpfung, Schlaflosigkeit erlebt. Es kostete mich Mut, aber paradoxerweise gab mir mein Schmerz – den ich nicht rauslassen konnte, weil wir sonst ertrunken wären – die Kraft, ihnen zu erzählen, dass André und ich uns trennen würden.

Papa hob eine Augenbraue. »Aber du bist doch längst weg, Paule, du bist mit meinem Bein, meiner Liebe, mit Martine verschwunden.« Françoise stürzte zu mir, breitete die Arme aus, die schon seit acht Jahren kein Kind mehr umschlungen hatten, seit ihr Sohn in Poissy saß, wo er sie nie hatte sehen wollen, obwohl sie unzählige Male hingefahren war, und nahm mich unter ihre Fittiche wie ein zitterndes Vögelchen, flüsterte mir längst vergessene Worte ins Ohr, »mein Kleines, mein Schatz, ich bin für dich da, Betty, weine nur, wein dich aus, Tränen reinigen, jeder Kummer bringt etwas Neues hervor.«

Ich ließ mich von ihren Händen halten. Später erzählte sie mir von ihrer Scheidung, vom Mistkerl, der sie hatte sitzen lassen – für eine Jüngere. Wie sie hatte sterben wollen und dann Papa im Chat Noir begegnet war. »Es wartet immer schon die nächste Geschichte auf uns, Betty. Etwas Unvorhergesehenes. Schwindelerregendes. Er war auf der Suche nach Gummistiefeln gewesen, und als er einen passenden für seinen linken Fuß gefunden hatte, hatte er sie gebeten, den rechten aufzubewahren, ans Rote Kreuz zu schicken für die armen Teufel, die in Vietnam oder Kambodscha oder Laos von einer Tretmine zerfetzt worden waren; »und dieses Mitgefühl für die Leidenden hat mich dahinschmelzen lassen.«

Françoise war seit über fünfundzwanzig Jahren mit Papa zusammen, sie hatten geheiratet, als ich sechzehn war. Sie hatte die Glaserjahre miterlebt, die Panzertüren, den Rahmenladen und seine Sternstunde, als einer der Mulliez-Söhne, denen die Auchan-Gruppe gehört, zweihundertsiebzig Hochzeitsfotos bei Long John Silver hatte rahmen lassen, mitsamt Bericht in der *Voix du Nord* und allem. Die ganze Zeit über war sie sein Stützpfeiler gewesen, hatte ihn immer aufgefangen. »Aber jetzt weiß ich nicht mehr, was ich tun soll, Betty, er fällt, versinkt in sich selbst, ich bekomme ihn nicht zu fassen, er fragt mich, wo sein Bein ist, warum ich weine, und manchmal, wenn ich mich nachts an ihn schmiege, ihn streicheln, trösten will, fängt er an zu schreien.«

Und so schloss ich Françoise an jenem Abend meinerseits in die Arme und flüsterte ihr längst vergessene Worte ins Ohr.

Eines Nachts wurde ich von Händen aus dem Schlaf gerissen, die meine Brüste berührten, zu meinem Bauch wanderten; meine Arme zerteilten die Luft, trafen schließlich einen Körper, droschen auf ihn ein, der Körper stürzte gegen den Nachttisch, Holz splitterte. Ich schaltete das Licht ein.

Papa.

Françoise rannte herbei.

»Ich liebe dich, Paule«, sagte Papa. »Komm zu mir zurück. Bitte. Ich zerschlage auch nichts mehr. Ich schreie auch nicht mehr.«

Mit dreißig (zweiundvierzig) Jahren war ich meiner Mutter wie aus dem Gesicht geschnitten.

Für Long John Silver war ich sie, die Schlange und die Frucht der Versuchung, ich war das, was ihn verzehrte.

Sébastien hatte beschlossen, bei seinem Vater zu leben, aus den gleichen traurigen Gründen. »Neulich hat mich jemand gefragt, ob du meine große Schwester bist, bald halten dich die Leute für meine Freundin, Maman, für meine Frau.«

Ich hinderte ihn nicht daran.

»Aber ich liebe dich noch genau wie früher, Maman.«

»Ich weiß.« Erwachsen zu werden, ist brutal, man muss einen schwierigen Verlust verkraften.

Den des Schwächeren.

Die beiden Männer meines Lebens hatten mich verlassen, weil meine ewige Jugend eine Missbildung war, weil es nicht normal ist, so viele Jahre lang dreißig zu sein, weil das, was man liebt, sich verändern, weil sein Bild langsam schwächer werden, verblassen muss, um uns seine Vergänglichkeit in Erinnerung zu rufen, das Glück, es erwischt zu haben, wie einen Schmetterling in der hohlen Hand; alles muss sterben, damit wir uns sicher sein können, es einmal besessen zu haben.

Letztendlich habe ich also sie verlassen.

Mit dreißig (vierundvierzig) Jahren kam es mir vor, als würde ich mit einem Schlag altern.

Ich schaffte es plötzlich nicht mehr, die Packungsbeilage eines Medikaments oder das Verfallsdatum eines Joghurts zu entziffern.

Seit ein paar Monaten schon bereitete es mir Mühe, ein Buch, eine Zeitschrift oder die Speisekarte im Restaurant zu lesen, aber ich wollte mir keine von diesen kleinen Brillen kaufen, die man im Drogerieladen zwischen Kondomen, Hustenbonbons und Schwangerschaftstests findet und die einen sofort und unweigerlich alt und deprimiert wirken lassen. Auf einmal betrachtet die Welt dich anders, das Hilfsmittel verrät dich, deine Schwäche, die zukünftige Gebrechlichkeit, es raubt dir Eleganz und Leichtigkeit. Mit ihm in der Hand werden alle Gesten schwerfälliger, du würdest es am liebsten vor den Augen der anderen verbergen, deine Finger schließen sich wie Zangen um das beschämende Ding, bereit, es zu zerquetschen, zu zerknüllen wie ein Blatt Papier, es unter den Tisch fallen zu lassen. Es erinnert dich ständig an etwas an dir, das du nicht mehr leiden kannst. Das Alter sperrt dich ein, die Freiheit sucht das Weite, du bekommst allmählich Angst, lauerst auf die ersten Hautflecken, das blaue Adernetz, den Finger, den du nicht mehr ganz strecken kannst.

Doch ich hatte keine Wahl.

Als ich eines Morgens in meinem kleinen Supermarkt einkaufte, musste ich die Zutatenliste eines Taboulé entschlüsseln – ich mag keine Sardellen –, eine Verkäuferin trat auf mich zu und fragte freundlich, ob sie mir behilflich sein könne, ich lenkte ab: »Jemand hat seine Lesebrille im Regal vergessen, ich wollte mal ausprobieren, wie man damit sieht.«

Die Verkäuferin musterte mich scharf, ich wollte schon verlegen die Flucht ergreifen, als sie lächelte, »ich dachte mir gleich, dass sie nicht Ihnen gehören kann.« Also gab ich ihr die Brille und packte das Sardellen-Taboulé in meinen Einkaufskorb.

Danach gewöhnte ich mir an, mit dem Telefon Fotos von Beipackzetteln und Zutatenlisten zu schießen und sie zu vergrößern, bis ich sie lesen konnte.

Andere zu belügen, ist leicht, bei einem selbst wird es schon schwieriger.

»Wir brauchen ein aktuelles Foto, das steht doch hier.«

»Das Foto ist aktuell.«

»Wie aktuell?«

»Von heute Morgen.«

»Sie wollen mir also sagen, dass das hier ein« – man hörte die Anführungszeichen förmlich – »›aktuelles‹ Foto von Rousseau, Martine Françoise Claude ist, Mädchenname Delattre, geboren am 5. Mai 1953 in fünf neun eins vier null null Cambrai, Nord, und, wenn ich mich nicht verrechnet habe, vierundvierzig Jahre alt, schließlich haben wir 1998, obwohl das Gesicht auf diesem« – wieder die Anführungszeichen – »›aktuellen‹ Foto kaum älter als dreißig aussieht?«

»Ganz genau.«

Erst jetzt hob die Frau mittleren Alters auf der anderen Seite der Scheibe die Augen vom Formular für die Verlängerung meines Personalausweises (Dokument Nummer 12101*02, ausgefüllt IN GROSSBUCHSTABEN und ohne Streichungen) und richtete sie auf mich. Sie stutzte. Erschrak. Und blickte noch einmal auf die beiden Fotos vor sich.

»Das sind Sie!«

»Das bin ich.«

»Aber Sie sind keine vierundvierzig.«

»Doch. Siebenundneunzig minus dreiundfünfzig.«

»Chef!«

»Ich ...«

»Chef!«

Es dauerte eine knappe Minute, bis der Chef auftauchte, zwei Minuten, bis die Frau ihm die Situation erklärt hatte, und fünf Sekunden, bis ihre Blicke erneut mehrfach zwischen meinem Gesicht und den Fotos hin- und hergewandert waren. Dann ergriff der Chef mit einem grausamen Chef-Lächeln das Wort.

»Ich habe hier schon viele Frauen erlebt, die versucht haben, bei ihrem Alter zu tricksen, ach, die paar Monate, ein, zwei Jahre, eine Drei, die man als Acht ausgibt, eine Eins, die man zur Sieben frisiert, um sich zu verjüngen, aus Eitelkeit, Stolz, vielleicht sogar aus Verzweiflung, das kann ich nachvollziehen, aber sich älter schummeln zu wollen, Madame, äh, Rousseau, Madame Rousseau, und noch dazu über zehn Jahre? Das ist mir neu, ja, das begreife ich nicht. Sind Sie Ihre Tochter, also, die Tochter dieser Frau?«

Die Sache wurde kompliziert.

Zum Glück hatte der Chef wiederum einen Chef, beziehungsweise eine Chefin, die sich des Formulars, meiner Ausweispapiere und der berüchtigten Fotos bemächtigte, mich in ihr Büro bat, wo sie mir einen Platz und etwas zu trinken anbot – »Wasser ist gratis, ein Kaffee kostet fünfzig Cent«, »nein, vielen Dank« – und mich aufforderte, ihr meine Geschichte zu erzählen.

Im Laufe des Nachmittags gaben sich André, Sébastien, Odette und Fabrice die Klinke in die Hand, um eidesstattlich zu versichern, dass ich die war, die ich zu sein behauptete. Hagop Haytayan wurde angerufen, er bestätigte mit großem Ernst mein *Leiden*, »medizinisch nicht zu erklären, Madame la Sous-Commissaire«, das mich über kurz oder lang um die Freuden des Alters bringen würde, um liebevolle Kosenamen wie Oma, Omilein oder Omama; in Ordnung, Doktor, vielen Dank. Am frühen Abend schließlich wurde das »aktuelle« Foto anerkannt und mein Personalausweis verlängert. Madame la Sous-Commissaire begleitete mich nach draußen, entschuldigte sich für die Unannehmlichkeiten und lud mich zu meiner Belustigung in die Bar – Filou – gegenüber ein. Ich bestellte einen Kir, auf dein Wohl, Maman, und sie einen Bourbon, pur.

Noch bevor der Kellner unsere Getränke gebracht hatte, schaute sie mir tief in die Augen und setzte mit wahrscheinlich bis zum Hals klopfendem Herzen an: »Martine ...«

»Betty.«

»Wie Sie wollen, Betty. Alles, was Sie wollen. Wenn Sie mir nur verraten, welche Faltencreme Sie benutzen.«

Mit dreißig (fünfundvierzig) Jahren wohnte ich schon seit längerem in einer großen Einzimmerwohnung in der Rue Basse.

Ich hatte die Lust am Kochen verloren, die tiefgefrorenen Single-Gerichte von Picard für mich entdeckt, und wenn mein Sohn zum Mittagessen kam, bestellte ich uns Sushi.

André und ich waren Freunde geblieben. Er verbrachte mehr und mehr Zeit in Schweden, wo er seine Lärchen, Espen und Fichten auswählte, und wenn er zurückkehrte, rief er mich an oder lud mich zum Abendessen ein. Seine traurigen Augen bezauberten mich jedes Mal aufs Neue, du Gene Kelly, ich Françoise Dorléac; ich liebte ihn noch immer, würde ihn immer lieben.

Während ich Katalogtexte für La Redoute schrieb, ließ ich im Hintergrund Fernsehserien laufen – *Dawson's Creek*, meine romantische Seite, *Dr. Quinn, Ärztin aus Leidenschaft*, auch wenn sie mir furchtbar auf die Nerven ging, *Emergency Room*, ach, Doug Ross, und *Twin Peaks*. Ich wollte weder Hund noch Katze, die wären schon nach fünf Jahren auf die Idee gekommen, mir vorzuwerfen, dass ich jünger wäre als sie. Abends besuchte ich meinen Yogakurs, inzwischen meisterte ich den friedvollen Krieger – *viparita virabhadrasana* – und den ziemlich schwierigen Bogen – *dhanurasana* –, »guckt euch Betty an«, rief Sādhu (eigentlich Liliane-Berthe) freudig, »macht es genau wie sie.« Odette und Fabrice schauten oft vorbei – »wir sind deine Beruhigungsmittel, *ma chère*« – und brachten Kuchen, Wurst, Wein mit. Odette arbeitete weiter für Odylique, »ich zeig's den kleinen Schlampen, und halt dich fest, sie haben mir ein neues Auto spendiert, einen Opel Corsa, total süß, ich durfte mir sogar die Farbe aussuchen.« Sie hatte sich für cremeweiß entschieden, weil das gut zu ihren mittlerweile platinblonden Haaren passte. Fabrice fotografierte sie pausenlos: wenn sie Salat aß, Wein trank, eine blonde Strähne hinters Ohr schob, mir um den Hals fiel, ihren BH richtete, der die neuen Brüste zusammenquetschte, *nach den Brüsten der Bauch, nach dem Bauch die Knie*. »Vielleicht mache ich irgendwann mal ein Buch daraus«, meinte er, »über die Konstruktion des Selbst.« Ich erwiderte nichts.

Samstags aß ich bei Françoise und Papa zu Mittag. Anschließend hielt er in seinem schrecklichen Massagesessel aus braunem Kunstleder ein Nickerchen, Françoise nahm nach dem Abwasch ihr Strickzeug zur Hand – sie strickte Pullover, Schals und Mützen für die Häftlinge des Gefängnisses in Poissy, wo auch Michel einsaß. »Keine Ahnung, was aus den Sachen wird«, sagte sie seufzend, »ob die Wärter sie ihnen wirklich geben oder sich selbst unter den Nagel reißen«, und ich blätterte mit der Lesebrille auf der Nase in den herumliegenden Zeitschriften und stellte jede Woche aufs Neue entsetzt fest, dass ich das Leben einer alten Jungfer führte.

Was für eine Ironie.

Also fing ich wieder an auszugehen, gelegentlich

mit ein, zwei Kolleginnen von La Redoute, aber die Tatsache, dass ich ihre Vorgesetzte war, trug nicht zu einer entspannten Stimmung bei, somit blieb meistens nur Odette. Wir trafen uns abends im Pubstore, einen Mojito für sie, einen Kir für mich. Der Ort hatte sich seine Originalität bewahrt, »Wir haben alles verändert, um dieselben zu bleiben«, beteuerte der neue Slogan. Allerdings begegnete man dort nicht mehr den feinen, fiebrigen Träumern aus meiner Unizeit, Jean-Paul, Céline, Christian, Laetitia, Liza und den anderen, Kindern, die die Grenzen der Welt neu zogen, über Literatur und die Nouvelle Vague diskutierten, für Malcolm X brannten. Nein, heute bestand das Publikum eher aus Silberfüchsen, die in konzentrischen Kreisen um ihre Beute herumschlichen, die Krawatte gelockert, den Ehering in der Hosentasche, sie pirschten sich an, gaben einen aus, setzten sich. Unser auffälliger Altersunterschied verwirrte sie. »Sind Sie Kolleginnen? Cousinen? Ein Paar?« Die Ausgehungerten stürzten sich immer auf Odette, die sie ermunterte, über ihre mittelmäßigen – und das ist noch nett – Witze lachte. Nach dem dritten oder vierten Mojito ließ sie sich manchmal auch betatschen, am Knie, den Schenkeln, ehe sie die fremden Hände lachend fortstieß, »das geht doch nicht, ich bin *verlobt*!« Und alle lachten mit und wollten sich ebenfalls mit ihr verloben, trotz ihrer vierundfünfzig Jahre. »Das liegt an meinem Mund«, flüsterte sie mir stolz zu, »sie schauen ihn an und wissen Bescheid.« Aber wenn du wüsstest, was ich weiß, Odette, wenn du wüsstest, dass die Blicke *deines Verlobten* längst mit anderen liebäugeln, dann würde dein Mund nicht mehr lachen, dann würde ein neuer Schmerz ihn verzerren, die Verunsicherung, dieses eitrige Geschwür, das die schwindende Jugend gebiert.

»Zweihundertfünfzigtausend Euro.«

Diese Summe bot mir eine berühmte Kosmetikmarke, über deren Namen ich Stillschweigen bewahren muss (er beginnt mit C), damit ich Werbung für ihre Anti-Age-Premium-Produktpalette machte. Die Idee stammte eigentlich von Odette – manchmal redest du zu viel, *ma chère* –, sie hatte es Odylique vorgeschlagen, die sich allerdings keine Models leisten konnten, und irgendwann bekam C Wind von meiner Existenz und rechnete sich sofort den Profit aus, der daraus geschlagen werden könnte. Sie zeigten mir einen Entwurf, ich sollte eine Gesichtscreme auftragen, in einem weichen, sanften, fast wattigen Licht, mit einem leichten Lächeln wegen der angenehmen Textur besagter Creme, die Haare locker nach hinten, undone gestylt, passend zur Welt der Körperpflege, mit nackten Schultern und vielleicht, aber natürlich nur, wenn das für mich okay sei, entblößtem Brustansatz, »aber da sieht man quasi nichts, Betty, das sorgt bloß für mehr Intimität.« Über dem Entwurf stand ein Slogan: *Dreißig? Nein, fünfundvierzig!* Darunter wurde erklärt, wie die tägliche Anwendung dieser Premiumpflege meine Falten geglättet, meine Haut gestrafft und meine Jugend wiederhergestellt hätte und dass das

Foto nicht retuschiert sei, amtlich beglaubigt, dass ich also tatsächlich fünfzehn Jahre jünger wirken würde, als ich sei. Das hatte etwas, das musste ich zugeben. Odette war völlig aus dem Häuschen, »du wirst berühmt, so wie Jane Fonda oder Sharon Stone, die kennt man auf der ganzen Welt, aber die, Betty«, und ihre Miene wurde plötzlich ernst, »das weiß ich, weil ich in der Branche arbeite und da nichts verborgen bleibt, *die* sind komplett gephotoshoppt, bei dir ist alles echt, du siehst wirklich fünfzehn, ach was, zwanzig Jahre jünger aus!« »Danke, Odette, aber das hat ja nichts mit der C-Creme zu tun.« »Schon, aber zweihundertfünfzigtausend Euro, zwei-hun-dert-fünf-zig-tau-send, überleg dir das mal! Du bräuchtest nie wieder zu sparen, wärst abgesichert. Aber das ist nur meine Meinung.«

Sie stellte ihren Mojito ab und schaute mir direkt in die Augen.

»Ich meine, du könntest die Kohle natürlich auch teilen.«

Lachkrampf.

Letztendlich lehnte ich das Angebot ab, weil ich das Versprechen »fünfzehn Jahre jünger« ein bisschen betrügerisch fand. C erhöhte das Angebot um hunderttausend Euro, um meine Skrupel zu zerstreuen. Odette hätte fast einen Anfall bekommen: »Und du sagst nein? Nein? Ich mach's für das Geld, jederzeit, und zwar splitterfasernackt!«

Kurz darauf – hör endlich auf damit, Odette! – wurde ich von France 3 Nord kontaktiert. Eine Reporterin vom Servicemagazin wollte mich kennenlernen und ein fünfminütiges Porträt über mich drehen, etwas Frisches, *girly*, »wir begleiten Sie durch einen normalen Tag, zu den Orten, an denen Sie Ihre Beautyprodukte kaufen, Sie erzählen von Ihren Gewohnheiten, was Sie machen, um sich jung zu halten, von Ihrer Ernährung, Ihrem Sport, falls Sie einen betreiben.« Ich unterbrach sie. »Tut mir leid, da hat Sie wohl jemand auf den Arm genommen.« »Aber. Ich ...« »Die meisten Frauen träumen davon, ewig jung zu bleiben, aber glauben Sie mir, es ist ein Fluch.«

Damit legte ich auf.

Alle träumten von dem, was mit mir geschah. Dabei war ich ein Zirkusfreak.

Fünfzehntes Foto.

Es war frappierend. Damit niemand die Echtheit meiner Porträts anzweifeln konnte, ließ Fabrice jedes Jahr Bild und Aufnahmedatum notariell beglaubigen.

Fünfzehntes Foto. Fünfzehn Jahre. Fünfzehn Gesichter, die eigentlich von meinem Leben, den Stürmen, den Jubelgesängen, den Enttäuschungen, den Freuden erzählen sollten, aber stumm blieben.

Ich war die ewig junge *Schöne Gärtnerin* geworden, die Maman so gefallen hatte – ein Augenblick der Gnade für jene, die ihr nur kurz begegnen, aber erschreckend, wenn man überlegt, dass sie erstarrt ist, kein Teil der Welt, unberührt von Wind und Wetter, von Gefühlen und Emotionen, gefangen in ihrer Jugend, einsam, unantastbar.

Ich betrachtete mein Gesicht, dieses fünfzehn Jahre jüngere Gesicht, und dachte traurig an die vielen Frauen, die alles taten für das, was in Wahrheit eine Tragödie war – der Mann, den ich liebte, hatte mich deshalb verlassen. Ich zog nur noch junge Hüpfer an, die von Kindern mit mir, einem Häuschen, Wochenenden am Meer träumten, und alte Säcke, die sich durch mich über ihre verlorene Frische hinwegtrösten und eine zweite Jugend gönnen wollten. Ich dachte an die Frauen, die sich wie Odette unters Messer legten, verunstalteten, die Geschichten auf ihren Gesichtern ausradieren ließen, bloß um sich ein, vielleicht zwei Jahre länger einreden zu können, dass sie noch immer diesen Schatz besäßen, der begehrliche Blicke weckt, Lust erregt, als wäre Lust allein an Schönheit und Schönheit an Jugend geknüpft. Ich dachte an all diese Frauen, an ihren verzweifelten Versuch, den Tod zu überlisten, denn darum ging es doch, an ihren aussichtslosen Kampf gegen die ersten Falten, die ersten Flecken, gegen alles, was der Welt verkündete, dass etwas in ihnen sich unwiederbringlich verflüchtigte, gegen ihre vergänglichen Körper, ihre Scham, und ich hätte am liebsten losgeschrien, ihnen zugebrüllt, dass nur, was nicht von Dauer ist, Wert hat, dass allein der drohende Verlust uns leben lässt.

Und ich zerriss dieses fünfzehnte Foto von mir, weil ich wollte, dass die Zeit verstrich – nur dadurch wird das, was wir erleben, einzigartig.

Auf diesen Fotos lebte seit fünfzehn Jahren nichts.

Er war ein paar Jahre älter als mein Sohn.

Ich weiß nicht, was mir an ihm gefiel – seine Unverfrorenheit, seine Kühnheit oder sein Charme –, aber ich wies ihn sofort zurück: »Ich könnte Ihre Mutter sein.« Er fing an zu lachen, »na sicher, eine Mutter, die ihrem Sohn was, vier, fünf Jahre voraus ist?« »Mindestens zwanzig.« »Das ist die dämlichste Abfuhr, die ich je bekommen habe«, flüsterte er mir ins Ohr, ich wurde rot, und die Sache war klar.

Ich stellte die Bücher, die ich gerade hatte kaufen wollen, wieder ins Regal.

»Komm mit.«

Mit dreißig (fast sechsundvierzig) Jahren schlief ich mit einem sehr hübschen Fünfundzwanzigjährigen; puh, ich hatte vergessen, wie energiegeladen, wie eifrig Männer in dem Alter sind. An jenem Nachmittag taten wir es dreimal, er war unermüdlich, enthusiastisch (danke, Sādhu – eigentlich Liliane-Berthe –, dass ich durch deinen Unterricht den Pflug – *halasana* – so meisterhaft beherrsche, sonst wäre ich reif fürs Krankenhaus gewesen), und als er dann tatsächlich eine kurze Pause brauchte, um zu Kräften zu kommen, schmiegte er sich beinahe verlegen an mich, das rührte mich.

Mir graut immer vor dem Geplänkel danach. Wenn man miteinander schläft, wird alles gesagt, also kann man anschließend schweigen.

Er schwieg.

Mit dreißig (fast sechsundvierzig) Jahren ließ ich mich, eher aus Lockerheit denn aus Leidenschaft, auf eine Beziehung mit Xavier S., fünfundzwanzig, ein, was bei Odette wahre Begeisterungsstürme hervorrief: »Du beschwerst dich ständig, dass du nicht alterst, aber sieh's doch mal positiv! Du kannst es treiben, mit wem du willst, ohne dass man dich als sonst was bezeichnet, ach, so ein unverschämtes Glück … und, hat der Knabe Talent?« Tagsüber arbeitete Xavier bei einem Notar und setzte Transaktionsverträge für Immobilien auf, nachts, wenn er nicht gerade in meinem Bett lag, schrieb er einen Roman, sein Leib-und-Seele-Werk, seinen Exzess, sein *Unter dem Vulkan*. Ich mochte sein Feuer, sie erinnerte mich an mein zwanzigjähriges Ich vor fünfundzwanzig Jahren im Pubstore, den Zauber, damals war alles so verheißungsvoll gewesen, dass selbst Enttäuschungen uns elektrisierten, Abstürze uns beflügelten. Wir haben nicht die Welt verändert, sie hat uns verändert, wir sind umherschwebende Stäubchen geworden, die man manchmal in einem Sonnenstrahl entdeckt, und wenn Xavier mir aus seinem Buch vorlas, brutale, schockierende Sätze, ließ ich seine Worte wie diese Stäubchen entfliegen, hielt sie nicht fest, sie lösten sich auf, und er lachte, lachte wild und hell, sagte: »Das ist schön, was, Betty? So schön, da bist du platt«, und ich lachte ebenfalls, aber es war, was er natürlich nicht ahnen konnte, ein mütterliches Lachen, ein Lachen wie offene Arme, die zum Ziel jeder Reise werden.

Mit ihm hatte ich ständig das Gefühl, man würde

mich gleich enttarnen, ich wollte nicht, dass er auf der Straße meine Hand nahm oder mich küsste, aus Angst, dass jemand uns die zwanzig Jahre Altersunterschied ansehen, mit dem Finger auf uns zeigen, höhnen könnte: »Sie schläft mit einem Kumpel ihres Sohnes oder sogar mit ihrem Sohn selbst, wer weiß, eine Schande ist das, was für eine Schlampe, ja, der sollte mal jemand einen Kübel Eiswasser überkippen« – aber nichts passierte, niemand schor mir den Kopf.

Wir waren ein junges, hübsches Paar. Wenn wir am Wochenende ans Meer fuhren, nach Le Touquet, Berck, Stella Plage, lächelte man uns zu, versuchte, unsere Bekanntschaft zu machen, »spielt ihr Tennis, hättet ihr Lust auf eine Partie Golf, haben eure Eltern ein Häuschen im Wald?«, und manchmal trafen wir uns mit seinen Freunden im Westminster oder im Manoir – ich nahm immer den gleichen Wein wie alle anderen, damit ich meine Brille nicht zücken musste. Ich lernte eine Jugend kennen, die ganz anders war als meine, eine, die mit dem Jahrhundert zu Ende ging: Die Jungs fuhren zu schnell mit den Range Rovern ihrer Väter, und die Mädchen schickten sich kichernd Nachrichten mit ihren neuen Handys; ich war so alt wie ihre Mütter. Als Xavier eines Abends im Beisein der anderen die Hand auf mein Knie legte und die Innenseite meines Schenkels streicheln wollte, schob ich sie unauffällig und beschämt weg, und später machte er mir in unserem Zimmer eine Szene, eine richtige kleine Erwachsenenszene, weil ich ihn *total blamiert* hätte, »Scheiße, was bringt es mir, dass wir zusammen sind, wenn ich dich nicht mal anfassen darf, fuck, hast du Stéphanies Gesicht gesehen?«, und so weiter und so fort, und als ich nicht reagierte, packte er den nächstbesten Stuhl und schleuderte ihn gegen die Wand, wo er zerbrach – Gewalt entspringt nicht selten dem Schmerz. Ich schrie leise auf, er beruhigte sich sofort, schlich zitternd auf mich zu wie ein Welpe, der Angst vor einer Tracht Prügel hat, »bitte verzeih mir, Betty, es tut mir leid.« Und ich, deren Sohn kaum jünger war als er, die Wutausbrüche und jugendliches Ungestüm kannte, nahm ihn in die Arme, »ich weiß, Xavier, du liebst mich, und Liebe macht oft einsam.«

Mit dreißig (über sechsundvierzig) Jahren bestätigten mir ärztliche Untersuchungen alle löblichen Vermutungen über meine Gesundheit.

Mein Inneres alterte völlig normal, die Oxidation schwächte mein Gewebe, die Schädigung der Mitochondrien zeigte sich von der besten Seite und ließ, wie bei jedem anderen, die Aktivität meiner Zellen sinken, die Abnahme meiner Methylierung war perfekt, meine Weitsichtigkeit entwickelte sich erwartungsgemäß und lag jetzt bei eineinhalb Dioptrien. Dafür verkürzten sich meine Telomere nicht, die, so erklärte mir Hagop Haytayan, für die Regenerierung meiner Haut zuständig waren, daher also die Babypopowangen, der Pfirsichteint, das unverändert dreißigjährige Gesicht jeden Morgen, die neidischen Blicke der Frauen und die betörten der Männer.

Papas Untersuchungsergebnisse waren beunruhigender. Seine Seneszenz schritt fort, was an sich ein normaler Prozess war, aber die Geschwindigkeit überraschte die Ärzte. Laut Françoise kam der finstere Long John Silver wieder zum Vorschein: Papa wurde gemein – ein unberechenbares, cholerisches Kind im verstümmelten Körper eines Riesen. »Manchmal verstecke ich seine Prothese und die Krücken, damit er in seinem grässlichen kackbraunen Sessel festsitzt«, vertraute sie mir einmal an. »Hat er dir wehgetan, Françoise?« Sie senkte den Blick, und das war Antwort genug. Nur wenn ich sie besuchte, war Papa ruhig. Er schaute mich mit der milden, beinahe schwachsinnigen Miene derjenigen an, die keine Ahnung von der Welt, der Wut der Menschen haben, war freundlich und sprach mit sanfter Stimme, »schön, dass du da bist, dass du zurückgekommen bist, Jeanne und ich haben den ganzen Tag auf dich gewartet.« »Jeanne?« »Unsere Tochter, wir haben ferngesehen, ist es kalt draußen? Du hast rote Wangen, und deine Haare sind vom Wind zerzaust.« Woraufhin Françoise ins Schlafzimmer flüchtete, und wenn ich mich verabschiedete, merkte ich ihr an, dass sie geweint hatte. Ich liebte Françoise, sie hatte ein Herz aus Gold und unendlich viel Geduld, sie beklagte sich nie. Meine nächsten Besuche nutzte sie, um rauszukommen, ein paar ehemalige Kolleginnen aus dem Chat Noir zu treffen, Macarons, eine Tasse Joséphine-Tee oder eine Vanillewaffel bei Méert zu genießen, die Köstlichkeit der Welt wiederzuentdecken.

Einige Wochen später brachte sie Papa in ein Pflegeheim.

»Jetzt wäre ich gerne noch mal jung«, sagte sie. »Hätte ich doch dein Glück.«

»So zu sein wie ich, ist kein Glück, Françoise. Man schaut mich an, aber man sieht nicht mich, nur eine Anomalie. Eine Illusion.«

»Ja, vielleicht. Aber wenigstens würde ich mich schön fühlen.«

»Du bist schön!«

»Nein, Betty. Schön ist man, wenn ein Mann einen nicht vergessen hat.«

Mit dreißig (siebenundvierzig) Jahren war ich wieder allein. Xavier setzte den Schlusspunkt unter seinen Roman und unsere Beziehung.

Er hatte mich mit einem anderen gesehen, wir seien scherzend aus meiner Wohnung gekommen, ich hätte ihm eine Wange gestreichelt, die andere geküsst, also hatte ich natürlich eine Affäre mit *diesem Kerl*. Es folgten hässliche Worte, wie immer, wenn Männer Angst haben. Ich verteidigte mich nicht. Verriet Xavier nicht, dass *dieser Kerl* mein Sohn Sébastien gewesen war, mit dem ich wie jeden Dienstag seit der Trennung von seinem Vater zu Mittag gegessen hatte. Weil man keinen zweiundzwanzigjährigen Sohn hat, wenn man selbst kaum wie dreißig wirkt, weil diese Vorstellung völlig unbegreiflich ist – selbst für einen Schriftsteller, der gerade sein Leib-und-Seele-Werk beendet hat.

Mit siebenundvierzig Jahren, auch wenn ich aussah wie dreißig und es in den Augen der Welt somit war, fing ich an, am späten Nachmittag bestimmte Hotelbars zu besuchen, im Clarance, dem Couvent des Minimes, dem Hermitage Gantois. Ich las. Ich wartete. Ich bebte. Ich wollte mich wie alle anderen Frauen in meinem Alter fühlen, davon träumen, noch einmal dreißig zu sein, noch einmal vernascht zu werden, noch einmal das besondere Vokabular der Eroberung zu hören. Ich wollte ja sagen, »ja, dieser Platz ist noch frei, ja, ich hätte gerne noch einen Drink, nein, ich warte auf niemanden«, wollte genießen, wie ein paar Worte den Appetit eines Mannes anregten, lachen, um ihn zu beruhigen, mit ihm in sein Zimmer gehen, mir irgendeinen Vornamen ausdenken, mich berühren, erforschen, bewundern lassen, unanständige Sätze stöhnen, affektiert sein.

Mit dreißig (siebenundvierzig) Jahren hatte ich einige nette Nachmittagsliebhaber.

Aber keiner von ihnen fand in mir, was mein Mann gefunden hatte.

Siebzehntes Foto.

Derselbe perlweiße Hintergrund. Dasselbe Licht. Dieselbe weiße Bluse, zum siebzehnten Mal. Dieselbe Frisur. Dieselben leicht geöffneten Lippen. Peggy Daniels. Jedes Jahr das gleiche Wunder, eigenartig und faszinierend.

Mit siebenundvierzig Jahren hatte ich noch immer keine Falten auf der Stirn oder im Dekolleté, keine Krähenfüße, keine Nasenlippenfurchen, keine Marionettenlinien, keine grauen Haare, keine Augenringe, ich blieb hoffnungslos dreißig.

Fabrice zeigte mir das siebenunddreißigste Porträt seines ersten Modells. Neunundvierzig Jahre alt, genauso schön – fast wie ein italienischer Schauspieler.

Das Mädchen, das Fabrice schon mit zwei Jahren im Schlaf fotografiert hatte, war inzwischen sechzehn, und ja, er wartete jedes Jahr, bis sie eingeschlummert war. Es waren sonderbare, melancholische Bilder: Ophelia von Millais, zwei Verse von Rimbaud. »Seit tausend Jahren zieht Ophelias bleicher Schemen / Trauernd hinab des breiten Stromes schwarze Bahn.«

Die Zeit würde ein atemberaubendes Buch werden. Ein Buch über unsere Auslöschung.

Außerdem das vierzehnte Porträt – »kostet mich jedes

Jahr tausend Franc!«, rief Fabrice, »also, jetzt hundertfünfzig Euro, aber dafür ist er zuverlässig« – des tätowierten Exknackis aus der Bar. Sein Gesicht war so runzelig, als würde er sich von innen auffressen.

Und das vierzehnte Foto der Frau, die der jungen Odette so geähnelt hatte. Mittlerweile hatte sie die milchige Haut und alle Verheißung verloren.

Unsere Blicke trafen sich. Es war so weit.

Er präsentierte mir ein neues Bild, von einer blassen Botticelli-Odette um die zwanzig, anmutig, rotblond. Ich fragte ihn, warum er *seine Verlobte* noch immer nicht verlassen habe. »Das mache ich bald, sie heißt Sybille.« »Die Einsamkeit wird Odette umbringen«, flüsterte ich. »Nein, sie ist stark.« »Keine Frau, die alt wird, ist stark, Fabrice, Odette hat schreckliche Angst, und wenn du sie jetzt verlässt, um bei einer anderen das zu suchen, was sie einmal hatte, gibst du ihr den Rest.«

Eine Nacht, ein Jahr später.

Auf dem Bett um mich herum liegen die achtzehn Fotos, die Fabrice von mir gemacht hat. Achtzehnmal mein Gesicht. Achtzehnmal der perlweiße Hintergrund, die leicht geöffneten Lippen, die offenen Haare. Achtzehnmal das gleiche Bild, nur das Jahr der Aufnahme, mit schwarzem Filzstift rechts unten notiert, wechselt. Achtzehn Jahre. Meine Finger streichen über die papiernen Augen, die Wangen, die Münder, die nicht lächeln, fangen an zu zittern. Ich schwitze. Mein Herz spielt verrückt. Diese Serie hat etwas Abstoßendes und gleichzeitig Erhabenes. Eine Unveränderlichkeit. Eine Permanenz, die den Verstand übersteigt. Und obwohl es mitten in der Nacht ist, wähle ich fieberhaft Hagop Haytayans Nummer. Er hebt direkt ab, seine Stimme ist klar – ein ruhiges »Ja, bitte?«. Er erkennt mich sofort. »Doktor, glauben Sie, dass …« Die unfassbaren, ungeheuerlichen Worte bleiben mir im Hals stecken. »Dass. Dass ich vielleicht unsterblich bin?« »Nein, Betty«, flüstert er. »Nein, Sie sterben einfach jung. Also, an Altersschwäche. Aber jung.«

Long John Silver bewohnte ein Zimmer im Notre-Dame-de-la-Treille in Valenciennes, einem ehemaligen Stadtpalais, das einer reichen Familie von Stoffhändlern, den Serrets, gehört hatte.

Die Ärzte hatten seine Stimmungsschwankungen in den Griff bekommen, er war ruhig, fast gleichgültig, als wir ihn besuchten – betäubt, diagnostizierte Françoise. Wir verbrachten eine Stunde bei ihm. Françoise dankte ihm für die schönen Momente, die er ihr geschenkt hatte, wie Italien, als sie an ihrem Sohn gekrankt hatte, wie die aus Treue zu meiner Mutter gemischten Kirs, wie die Ausflüge nach Zuydcoote in Bray-Dunes. Er sprach kaum, nur ein paar Worte über das Essen – »viel zu salzig« – oder das Fernsehprogramm – »läuft immer der zweite Kanal.« Manchmal musterte er mich aus dem Augenwinkel, wackelte mit dem Kopf und seufzte zehnmal, zwanzigmal, hundertmal den Namen meiner Mutter.

Françoise weinte nicht mehr.

Auf dem Rückweg hielten wir in Petite-Forêt, Kaffee und Tartelette im Flunch, wir schwiegen lange, hatten keine Lust, über ihn zu reden, diese Auflösung in Worte zu fassen. Zum zweiten Mal in ihrem Leben war Françoise für eine Jüngere verlassen worden, diesmal allerdings für einen Geist, und was soll man gegen Geister schon ausrichten?

Sie musterte mich liebevoll. »Bist du glücklich, Betty?« Ich senkte kurz den Kopf. Dann erzählte ich ihr von meiner Freude und meiner Verzweiflung darüber, nicht zu altern. Von der kindlichen Begeisterung, jeden Morgen zu entdecken, dass sich mein Gesicht nicht verändert hatte, zu wissen, dass die Männer mich auf der Straße mit dem gleichen galanten Lächeln bedenken, in den Hotelbars noch ansprechen würden, »darf ich Ihnen einen Drink ausgeben«, »wäre ich nicht so schüchtern, würde ich Ihnen gestehen, wie schön Sie sind«, »haben Sie *American Beauty* gesehen, über den alle Welt redet, den neuen Goncourt-Preisträger gelesen«, »Sie sind so anmutig wie ein Gemälde von Raffael.« Ich erzählte ihr, was ich früher geglaubt hatte: dass das wahre Glück in der Reglosigkeit liegt, »aber ich habe mich geirrt, Françoise, die Reglosigkeit ist ein Fluch.«

Mein Mann hatte mich verlassen, weil ich mich nicht veränderte, weil mein Äußeres log, weil mein Gesicht nicht von uns berichtete, weil meine Ewigkeit ein Spiegel seiner Endlichkeit war.

Ich erzählte ihr von meiner Verbitterung darüber, schon seit über achtzehn Jahren dreißig zu sein, beobachten zu müssen, wie die Welt um mich herum sich wandelte, und nicht dazuzugehören. Ich erzählte ihr von meiner Angst vor der Zukunft: »Nicht mehr lange, dann ist mein Sohn genauso alt wie ich, älter als ich, dann nennt er mich beim Vornamen, ich kann eine Schwester, eine Freundin, aber nie wieder seine Maman sein.« Ich erzählte ihr von meiner Mutter, die ich so gerne hätte alt werden sehen, die Zeit durchgleiten wie ein Vogel die Lüfte, mit hübschen Falten, die ihr Lachen, ihre Freuden, ihre Kämpfe und Qualen auf ihr Gesicht malen, denn eine Mutter, die nicht mehr altert, hinterlässt ein einsames Kind, das nicht weiterwächst. »Keine Ahnung, ob ich glücklich bin, Françoise, aber ich war es mal. Mit André.«

»Ich werde bald einundsiebzig«, erwiderte sie, »und es hat mich sehr glücklich gemacht, dass du für einen so großen Teil meines Lebens meine Tochter warst, Betty. Du warst meine Wonne, meine Hoffnung nach Michels Bosheit. Deinetwegen hat mich die Scham nicht umgebracht, ich konnte den Kopf erhoben halten, eine Maman bleiben, meine Würde wahren, und ich bin auch deiner Maman, Paula, dankbar, die zweifellos eine tapfere Frau war, denn ich kenne ihr Joch, die Wut deines Papas, den Wahnsinn der Männer, die sich selbst nicht mehr lieben.«

Mir stiegen die Tränen in die Augen, ich drückte ihre Hand.

»Und weißt du, ich bin froh, dass die Dinge nicht von Dauer sind, dass sie enden, denn das Ende bringt sowohl Tod als auch Freiheit mit sich. Und diese Freiheit brauche ich jetzt, Betty.«

Noch ein geliebter Mensch, der mich verließ.

Es war ein ziemlich unauffälliges Foto zwischen vielen anderen auf der People-Seite eines internationalen Einrichtungsmagazins – bei La Redoute bekamen wir jede Menge Zeitschriften, »Doku-Material« –, darauf André in Begleitung einer hübschen Frau in seinem Alter, einer schwedischen Jacqueline Bisset bei einer Vernissage im Kompanihuset in Malmö. Die Bildunterschrift erklärte: *Famous French designer, André Delattre, with his fiancée, Lena Åberg, at the preview for his new furniture collection.*

Das französische Wort schmerzte am meisten.

Mit dreißig (neunundvierzig) Jahren sah ich meinen Mann glücklich mit einer anderen Frau am Arm, aber ich brach nicht zusammen.

Kurz darauf feierte ich mit meinem Sohn ein wunderbares Wochenende lang seinen fünfundzwanzigsten Geburtstag in Paris; japanische Restaurants in der Rue Sainte-Anne, die Grande Galerie du Louvre, Saal 5, *Die schöne Gärtnerin*, ich erzählte ihm von Maman, die er nur von einem Polaroid kannte, von ihrer Ergriffenheit beim Anblick dieses Gemäldes von Raffael, der leicht verlorenen Schönheit, der entfliehenden Zeit, die nicht anhält, dem Sturm, der keine Spuren hinterlässt. »Genau wie bei dir«, meinte er. »Genau wie bei mir, Sébastien, da hast du recht.« Und er nahm mich in die Arme, dieser gestandene Mann, der viel größer war als ich, als sein Vater, und flüsterte mir ins Ohr, dass er mich so liebe, wie ich sei, dass ich die schönste Maman sei, und weil er meine gerührten, peinlichen Tränen vorausahnte, fügte er lachend hinzu, dass sich das vielleicht irgendwann ändere, dass ich eines Morgens uralt und schrumpelig wie ein vertrockneter Apfel aufwachen und nach Mottenkugeln und Moder müffeln würde, und ich stimmte in sein Lachen ein, sodass wir wie ein junges Liebespaar wirkten. Da verflog der Zauber, und der Kummer sank wieder auf uns herab wie Asche.

Im Zug zurück nach Hause beichtete er mir, er habe vor ein paar Wochen seinen Vater in Schweden besucht und Lena getroffen. »Und?«, fragte ich. »Und nichts, sie ist sehr verliebt, und Papa geht ziemlich lässig mit ihr um.« »Aha.« »Aber er hat vor allem über dich geredet.« »Und?« »Und ich glaube, dass …« »Dass was?« »Er hat mir von euch erzählt, wie ihr euch kennengelernt habt, ich wusste gar nicht, dass er dich auf der Straße angebaggert hat.« Ich lächelte. »Und?« »Und nichts, ich fand es bloß irgendwie rührend.« »Aber er will heiraten?« »Er will heiraten, und ich gehe nicht auf die Hochzeit, Maman, versprochen.« »Komm, Sébastien, trinken wir was im Speisewagen.«

Am nächsten Tag kassierte ich noch eine Ohrfeige.

»Wir müssen Sie entlassen.«

»Wie bitte?«

»Entlassen. Wir müssen uns von Ihnen trennen.«

»Ich weiß, was das Wort bedeutet. Aber warum?«

»Wir haben das einundzwanzigste Jahrhundert, Betty, der Versandhandel hat sich verändert. Die Zeit des Computers bricht an, bald läuft alles über Computer.«

»Mag sein, aber meine Texte lassen sich nicht von einem Computer schreiben.«

»Sie wären erstaunt. Erst vor kurzem hat ein Computer einen Menschen im Schach besiegt. Und zwar nicht irgendwen, sondern Kasparow.«

»Das ist reine Mathematik. Ich rede von Wörtern.«

»Also, wir sind ja nicht … oder doch, aber … Es tut mir leid, Betty. Wirklich.«

»Und das nach neunzehn Jahren hier?«

»Sie sind nicht die Einzige. Viele müssen gehen. Wir müssen Kosten einsparen.«

»Damit die Computer wie wir schreiben können?«

»Genau. Und weil der Katalog zu teuer ist. Die Papierpreise, die Transportkosten. Wir präsentieren unsere Produkte ab jetzt online, das macht den Leuten Spaß und ist sehr effizient, Sie werden sehen.«

»Ich werde gar nichts sehen. Ich bin fünfzig. Und Sie wissen so gut wie ich, dass man für den Arbeitsmarkt mit fünfzig steinalt ist, ein Fossil. Unsere Lebensläufe landen direkt in Ihren Mülleimern!«

»Sie sind fünfzig?«

»Das steht doch da in Ihrer Akte.«

»Hm. Ach ja. Tatsächlich. Aber …«

»Aber was?«

»Das sieht man Ihnen überhaupt nicht an, Betty. Komisch. Ich hätte schwören können, Sie wären erst dreißig, und weil Sie so … hübsch sind, dachte ich, Sie finden sofort was Neues.«

»Wie scheußlich von Ihnen. So denken eigentlich nur Männer, und zwar dumme Männer. Genau darum hassen sich alle Frauen ab einem gewissen Alter.«

Die junge Personalleiterin lehnte sich in ihrem dicken, knarzenden Personalleiterinnensessel zurück und musterte mich ein paar Sekunden lang wie ein Model in einer Modezeitschrift, gleichzeitig neidisch und verärgert, dann setzte sie ein Raubtierlächeln auf.

»Nein, im Ernst jetzt, Betty, Sie sind doch keine fünfzig. Ist das ein Witz? Ein Tippfehler?«

»Ich brauche eine Lesebrille, habe Schmerzen in den Knien, wenn es kalt ist, in den Händen, ich schlafe immer schlechter, bin nach vier Stockwerken außer Atem und durfte schon die Freuden der Postmenopause erleben, also nein, ich glaube nicht, dass ich ein Tippfehler bin.«

Ich ziehe mich aus.

Ich betrachte mein Gesicht im Badezimmerspiegel. Es ähnelt Mamans, kurz vor dem Ford Taunus. Es ist dasselbe wie auf Fabrice' Foto vor über zwanzig Jahren.

Ich betrachte meinen Mund, die Augen, den Hals. Mein Körper hat nichts von seiner Festigkeit verloren. Man merkt ihm nicht an, dass eine Entbindung ihn einmal entzweigerissen hat.

Ich betrachte meine Hände, die nicht zittern. Die dünne Haut, dort wo man sich ritzt, wenn man sich selbst oder sein Leben nicht mehr liebt.

Ich betrachte die Tränen, die mir über die Wangen laufen.

Ich lösche das Licht. Stehe im Dunkeln und warte.

Als ich es wieder einschalte, ist das Gesicht immer noch da. Dunkel. Licht. Dieses Gesicht im Spiegel, wie ein Polaroid oder ein Ölgemälde auf Pappelholz, das die Zeit vergessen hat.

Noch einmal lösche ich das Licht.

Meine Fingernägel kratzen, die Tränen sind heiß. Klebrig.

Rote Farbe rinnt über das Bild.

Fabrice verließ Odette am Ende des Winters und zog mit der Frau zusammen, die ihr ähnelte, aber noch im Frühling des Lebens stand.

Und ich war mit dreißig (einundfünfzig) Jahren, beruflich gesehen, reif für den Schrottplatz.

Ich verbrachte zwei Tage bei Odette, sie weinte viel, ich weinte mit, sie trank viel, zu viel, und der Alkohol ließ sie gleich noch mehr weinen oder plötzlich grundlos lachen, ihre Worte verschwammen, »in deinem Alter bist du raus, das ist klar, *ma chère*, aber mit deinem Gesicht, sag mal, hast du inzwischen eigentlich eine Katze? Nein? Ich hätte gedacht, aber na ja, mit deinem Gesicht«, und sie fing wieder an zu weinen, ihre Wimperntusche verlief, zeichnete Dornenranken nach, »deine Kratzer sehen wirklich übel aus, Betty, und meine Visage ist auch nicht hübscher, ich wollte für ihn schön bleiben, Scheiße, verdammt, warum wollen diese ganzen Idioten eigentlich kleine Mädchen, deren Muschis sind keine Jungbrunnen, soweit ich weiß«, und ihr Lachen und ihr Weinen vermischten sich, »sind die Kratzer von einem Kerl, hast du einen Neuen, einen besonders Ungeduldigen?« »Nein, Odette, ich habe keinen Neuen.« »Ich bin sechzig, und *mein Verlobter* serviert mich für eine

146

zwanzigjährige Schlampe ab, und er ist im Alter sogar schöner geworden, der Mistkerl, noch schöner als davor, Männer sind Arschlöcher, alle miteinander, ja, sogar deiner, der hat dich fallen lassen, weil du zwanzig bist.« »Dreißig, Odette.« »Ist doch egal, die wollen immer das, was sie nicht haben, wie verzogene Kinder, ach du Scheiße, mein Schädel!«

Am nächsten Tag quälte sie sich mit roten Augen und schwerer Zunge endlich vom Sofa. »Ich muss unter die Dusche, ich stinke, und danach reiße ich mir ein paar kleine Jungs auf, Betty, ein paar zwanzigjährige Bürschchen, denen zeige ich, was eine alte Schachtel wie ich so alles kann.«

Und sie brach wieder in Tränen aus.

Wenige Monate später kam mein Stiefbruder Michel aus dem Gefängnis, wo er siebzehn Jahre seines Lebens verbracht hatte. Françoise holte ihn in Poissy ab. Er hatte schneeweißes Haar, den Körper eines Greises, obwohl wir eigentlich gleich alt waren (beziehungsweise im selben Jahr geboren). Ihm fehlten einige Zähne, vielleicht sogar die Zunge, denn er sagte nichts. Kein einziges Wort. Françoise fuhr ihn zum Häuschen, das Papa und sie gekauft hatten, damals, als sie noch seine Stütze, sein rechtes Bein gewesen war, damals, als er sie noch hatte trösten können. Sie zeigte ihrem Sohn den vollen Kühlschrank, sein Zimmer, hier frische Laken, Handtücher, neue Kleider, dort Zahnbürste, Zahnpasta, Seife, den Fernseher im Wohnzimmer, die Knöpfe auf den Fernbedienungen für die verschiedenen Geräte. In der Küche schmierte sie ihm ein Brot mit Schokocreme, wie er es früher so gern gemocht hatte, vor den Mofas, der Schwärze, der Bosheit, schob ihm eine Keksdose aus Weißblech mit Geld darin zu. Auch sie sagte kein Wort, fragte nichts, verlangte weder Erklärung noch Entschuldigung, und als Michel die Hand nach der mit Kindheit bestrichenen Leckerei ausstreckte, stand sie auf, stellte geräuschlos den Stuhl zurück unter den Tisch, nahm ihren Mantel, ihre Handtasche, und ging.

An jenem Tag verschwand Françoise aus unseren Leben.

Mit dreißig (zweiundfünfzig) Jahren eröffnete ich nach einer dreimonatigen Ausbildung zur Polsterin – spezialisiert auf das Restaurieren von Stühlen, Sesseln und Sofas – ein Atelier namens Aufgemöbelt in einem charmanten gepflasterten Hof in der Rue de la Halloterie. Ich stellte Blumen auf einen kleinen Tisch, die Nachbarn schauten vormittags zum Tee vorbei und abends zum Weißwein, und schon bald hatte ich genug Arbeit, um meine Hände und mein Leben auszulasten. Meine Auswahl an Vintagestoffen – Pierre Frey, LeLièvre und Francesca Laubscher, die früher für Canovas gearbeitet hatte – gefiel den Kunden. Bei schönem Wetter steppte und kräuselte und kederte ich draußen unter den erfreuten Blicken der Nachbarn, »wie schön, dass eine junge Frau sich einer solchen Tätigkeit widmet!«, und ich lächelte in mich hinein, weil ich den Möbeln zu neuer Jugend verhalf. Einmal fragte mich eine Kundin, was ich vorher gemacht hätte, und ich antwortete, ohne zu überlegen: zwei Jahre lang Grundschullehrerin, dann Mutter, dann zwanzig Jahre lang Redakteurin bei La Redoute. Sie brach in schallendes Gelächter aus. »Sie haben nicht nur Talent, sondern auch Humor.«

Eines Mittags kam André über den Hof spaziert.

Seit zehn Monaten hatten wir uns nicht mehr gesehen. Das letzte Mal im Juni, bei einem Mittagessen unter freiem Himmel, so wie früher, als die Zukunft noch vor uns gelegen hatte, als wir noch geglaubt hatten, gemeinsam ein Jahrhundert zu durchqueren, bis wir eines Tages ein verhutzeltes Pärchen wären, bei dem die Schönheit, die Liebe aufeinander abgefärbt hat. Sébastien hatte sich zum Dessert zu uns gesellt, und eine Stunde lang waren wir wieder eine Familie gewesen. André und er hatten über Männerthemen geredet – das Hybridauto einer japanischen Marke, das gerade Furore machte, den Sieg eines Spaniers bei einem Autorennen –, und ich hatte mich daran erinnert, wie sie vor zwanzig Jahren Baumteile, *Krone, Rinde, Splintholz*, Windnamen, *Weiße Bö, Galerne, Aquilo*, gelernt hatten, wie sie am Sainghin angeln gegangen und mit einer großen Seezunge vom Fischhändler heimgekommen waren, wie ich ihren Fang bewundert und wie Sébastien schallend gelacht hatte, wie ich gedacht hatte, dass nichts uns je trennen könnte. Anschließend war unser Sohn zurück nach Amsterdam gefahren, wo er arbeitete, André und ich hatten noch einen Kaffee getrunken und uns dann verabschiedet.

Als ich ihn an jenem Tag über den Hof spazieren sah,

klopfte mein Herz noch schneller als sonst, ich war wieder achtzehn, was ja in gewisser Hinsicht das Problem war, und rannte auf ihn zu. Er schloss mich in die Arme und wirbelte mich einmal im Kreis herum. Lange standen wir eng umschlungen da, bis eine Nachbarin, die gerade ihre Azaleen und den Hibiskus goss, rief: »Da hat Ihr Papa aber Glück mit so einer Tochter!« André löste sich langsam aus der Umarmung, wir schauten uns an und lachten; endlich.

Ich öffnete eine Flasche Weißwein, und wir tranken den Aperitif an meinem kleinen Eisentisch im blumengeschmückten Hof. »Du hast es gut hier, das freut mich für dich.« »Hast du gesehen, ich mache Sessel und Stühle, so wie du.« Er hob sein Glas und stieß mit mir an. »Ja, aber du reparierst sie, hauchst ihnen neues Leben ein.« »Das tust du auch, André, mit deinen genialen Händen.« Er stieß einen tiefen Seufzer aus. »Ich höre auf mit dem Möbeldesign.« »Aber ...« »Lass es mich erklären, Betty, ich höre auf, weil ich immer weniger Freiheiten habe, mein Hersteller will mich unbedingt bei Ikea unterbringen, ein dicker Vertrag, vier Kollektionen in zwei Jahren, unmögliche Auflagen, minimale Kosten.« »Aber dir gefällt der Zufall, du genießt es, einen anderen Weg einschlagen zu können, wenn der Wind sich dreht.« Er lächelte, dieses Lächeln, das ich so liebte. »Du kennst mich, Betty.« »Ich habe dich nicht vergessen, André, außerdem bist du wie deine Eltern, alles muss von Herzen kommen, nicht aus dem Kopf – und hör auf, mich so anzuschauen!« »Wie denn?« »Wie Gene Kelly.« Und wir fingen wieder an zu lachen, das tat gut.

Ich kaufte schnell ein wenig Käse ein, Weintrauben, ein Nussbrot, und wir aßen draußen. Ich musterte ihn verstohlen. Sein graumeliertes Haar. Die beiden hübschen Falten in den Wangen, wenn er lächelte. Er wurde bald sechzig, und es stand ihm gut, obwohl er früher weder der Allerschönste noch der Allerhässlichste gewesen war, hatte das Alter ihm Charme verliehen. Beunruhigenden Charme. Irgendwann erzählte er mir, dass seine Verlobung mit Lena, »wie soll man sagen, in der Schwebe ist, nein, auf Eis liegt, wir hatten unterschiedliche Ansichten über ein paar grundlegende Dinge.« (Bitte mach, dass er meinen leisen Stoßseufzer nicht gehört hat, Maman.) Vor ungefähr sechs Monaten war er endgültig nach Frankreich zurückgekehrt, hatte ein altes Bauernhaus gekauft, ganz in der Nähe des Zuhauses seiner Kindheit. Wir sprachen über Renée, seine Mutter, die inzwischen fünfundachtzig war und immer noch im Süden wohnte, seit kurzem in einem Pflegeheim. »Sie wartet, trauert ihrer verlorenen Jugend nach und hat schreckliche Angst, wenn du wüsstest.« Ich nahm seine Hand – er zuckte nicht zurück. »Ich weiß, aber nicht die Jugend macht sich aus dem Staub, sondern die Leute, das Alter offenbart das Gesicht des Todes, unsere baldige Auslöschung, das Entsetzen bei der Vorstellung, dass die Welt sich ohne uns weiterdreht.« Sein Lächeln brachte mich zum Schweigen. »Lass uns lieber über was Lebendiges reden, Betty, über was Fröhliches, habe ich dir schon erzählt, dass ich mich *La Cabane Perchée* anschließen will? Ein großartiges Abenteuer! Der Kopf dahinter ist Alain Laurens, ein toller Typ – *der Baum lädt das Haus ein, entscheidet über Ort und Aussehen; das Haus nimmt Platz, ohne dass wir auch nur einen Ast abschneiden, einen Nagel einschlagen.*« Ich freute mich für ihn.

Dann erkundigte er sich nach mir. »Ich lebe allein«, antwortete ich, »hin und wieder mal eine flüchtige Bekanntschaft, aber es ist wie verhext: Die Jungen wollen sesshaft werden, Kinder kriegen, und die Alten wollen einfach nur was Junges. Ich bin immer noch eng mit Odette befreundet, sie wird sich nie von Fabrice' Abgang erholen, diesen Sommer fliegen wir wahrscheinlich nach Portugal, in einen Ferienclub in Albufeira. Ich bin allein geblieben, André.«

Mutterseelenallein.

Am späten Nachmittag musste er los, und wir umarmten uns lange zum Abschied. Im Schaufenster meines Ateliers sah ich unser Spiegelbild, unsere Gesichter, die dreißig Jahre, die uns trennten.

Ein vergeudetes Leben.

Von Beginn des Filmes an wurde ein Zuschauer von einem Lachkrampf geschüttelt und steckte den gesamten Saal an, der sich eineinhalb Stunden lang nicht mehr einkriegte, sodass ich nie erfahren habe, ob wirklich *Little Miss Sunshine* so lustig war oder nur das Lachen dieses Mannes.

2007 träumte ein pummeliges Mädchen aus Albuquerque (New Mexico) davon, einen Schönheitswettbewerb zu gewinnen, und mein Albtraum rückte immer näher.

Nächstes Jahr würde ich so alt sein wie mein Sohn.

Und übernächstes jünger als er.

Mit dreißig (fast sechsundfünfzig) Jahren bekam ich von meinem Sohn verkündet, dass er mir Saga vorstellen wolle. Er zeigte mir Fotos von einer großen Blondine, die mit ihm im französischen Generalkonsulat in Amsterdam arbeitete und mit der er sein Leben verbringen, Bio kochen und eines Tages blonde Kinder, einen Labrador mit goldenem Fell und ein Elektroauto haben würde. Saga, an deren Seite er langsam alt werden, ein ganzes Jahrhundert durchqueren wollte, bis sie eines Tages ein verhutzeltes, händchenhaltendes Pärchen auf einer Parkbank wären und so weiter.

Er bat mich, mit ihm einen Verlobungsring auszusuchen. Ich nahm ihn mit zu Lepage in der Rue de la Bourse – und musste an André denken, der zweiunddreißig Jahre zuvor auf der gedeckten Brücke über der Bouzanne vor mir auf ein Knie gegangen war, an meine Tränen, als ich ja gesagt hatte. Wir schauten uns die Solitäre im Schaufenster an. »Der da ist ja toll!«, rief mein Sohn, bevor er den Preis sah, »na, so toll auch wieder nicht, oh, guck mal, der blaue Diamant da!«, »Das ist ein Aquamarin, Sébastien.« Er wurde wieder zum Kind, zu meinem Kleinen, den alles in Begeisterung versetzte. Ein Verkäufer kam heraus und bat uns hinein, »Sie sind ein wunderhübsches Paar«, bemerkte er ehrlich, und ehe mein Sohn ihn aufklären konnte, antwortete ich schon: »Vielen Dank!« Der Verkäufer zeigte uns diverse Ringe, die ich entzückt anprobierte und dabei »Ah!« und »Oh!« machte, Sébastien lachte, hauchte mir Küsse auf den Hals oder die Hand, mit dem Eifer eines Jungen, der einen Mann mimt, meinen Mann, meinen Verlobten. »Und wann ist es so weit?«, erkundigte sich der Verkäufer. »Nächstes Frühjahr«, sagte Sébastien amüsiert. »Wissen Sie schon, welche Farbe das Kleid haben soll, das könnte bei der Wahl des Steins helfen?« »Nein, nein, wir haben noch keins, aber es wird ganz weiß, wie das von Elaine Robinson, mit Stickereien!« Ich legte den letzten Ring zurück, »wir denken darüber nach«, griff nach den Fingern meines Sohnes wie eine Braut nach ihrem Strauß, und wir traten Hand in Hand auf die Straße, in die Welt, *ein wunderhübsches Paar.* Mein Herz klopfte wild, Sébastiens Augen glänzten, wir schwiegen, es war unwirklich. Ich schleifte ihn zum Markt in der Vieille Bourse, zu den Antiquaren und Schachspielern. Ein Pärchen um die vierzig beobachtete uns neidisch, ich war wieder fünfundzwanzig, strahlend, mit langen, blassen Beinen und dem gleichen Lächeln wie damals, als André mich ein paar Straßen weiter angesprochen hatte. Plötzlich hielt ich an, schmiegte mich an meinen Sohn, streichelte sein Männergesicht, sein Kindergesicht, seine Wange, seine Augenlider, seine Lippen, wie eine Mutter, eine junge Frau, eine Zukünftige. So blieb ich lange stehen, an der Schwelle der Dinge, die ich verlor und gleichzeitig wiederfand. Er nahm meine Hand, führte sie an den Mund, küsste meine Finger, einen nach dem anderen, gab sie dann frei wie kleine Vögelchen, und ich erkannte darin seinen Abschied von der Kindheit und war glücklich darüber, für einen Moment alle Frauen seines Lebens gewesen zu sein.

Aber Kinder sind manchmal grausam, fast als könnten sie nicht anders, sie holen uns brutal in die Wirklichkeit. »Ich kann dich ihr nicht als meine Mutter vorstellen, das ist unmöglich, es tut mir leid, Maman.«

Unsere Hände lösten sich voneinander, unsere Körper trennten sich, wir verließen den ruhigen, kühlen Innenhof der Vieille Bourse und kehrten zurück in die aggressive Realität mit ihren gehetzten Passanten, den Autos, der Disharmonie.

Er stellte mich als seine Cousine vor.

Und obwohl ich wusste, dass er nicht sagen würde: *ecce mulier*, das ist meine Mutter, die mich zur Welt gebracht hat, die Unvergleichliche, die mich vom ersten Tag, von der ersten Sekunde an geliebt, die jede Angst, jede Kälte mit mir gespürt, die diesen Mann aus ihrem Bauch gepresst hat, der ich heute bin, der inzwischen größer ist als sein Vater und der dich liebt, Saga, dich zur Frau nehmen will, obwohl ich das alles wusste, hätte ich am liebsten geweint, wäre geflohen, aber das habe ich nicht getan, denn eine Maman hält sich auch unter der Last des Kummers, der Schande, der Tränen aufrecht.

Söhne führen Müttern ihre Sterblichkeit vor Augen.

Wir tranken eine heiße Schokolade im L'Impertinente, teilten uns ein Stück Obstkuchen, aber ich wäre gern woanders gewesen, weil ich keine Maman, keine Ehefrau, nichts mehr war, nur eine hübsche, dreißigjährige Cousine, ledig, Polsterin, »sie ist unglaublich talentiert«, bemerkte mein Sohn, »sie hat gerade ein Tête-à-Tête restauriert, *a courting sofa, Saga*«, aber ich nahm es ihm nicht übel, genauso wenig wie André, als er mich auf der Heimfahrt von Paris verlassen hatte.

Meine ewige Jugend war eine Strafe.

Ein paar Monate später reisten André und ich zur Hochzeit unseres Sohnes nach Holland.

Im Thalys wollte ich seine Hand halten. Ihm sagen, dass ich ihn liebte. Dass er mir seit über dreizehn Jahren jeden Tag, jede Nacht fehlte. Dass ich am 10. Mai 1981 ein Kind verloren hatte, während er in Saint-Denis-d'Anjou eine Markthalle renoviert, während die eine Hälfte Frankreichs von Hoffnung gesungen und die andere ihr Tafelsilber versteckt hatte.

Er sagte, unser Sohn sei eine Freude, der Stolz eines jeden Vaters, und dankte mir dafür.

Die Feier fand im Waldorf Astoria statt, *ma chère*, sechs Paläste aus dem siebzehnten Jahrhundert am Ufer der Herengracht, wie Perlen am Hals einer Schönheit. Der Abend war heiter, rundum gelungen. André und ich saßen am selben Tisch, zusammen mit acht anderen Personen. Foie gras und Yuzu Cream, Zeeland Flat Oyster – ein Fest für alle Sinne. Irgendwann wurde es Zeit fürs Tanzen, für die Jugend. André verdrückte sich geschickt. Ich wollte es ihm gerade gleichtun, als ein junger Niederländer, groß, blond, attraktiv, meine Hand ergriff. *It's not time for pretty young cousins to go to bed. Unless it's with me*, fügte er weder überheblich noch drängend, sondern charmant hinzu.

In jener Nacht machte sich also die hübsche, junge, fünfundfünfzigjährige Cousine mit dem Bruder der Braut davon.

Ein Traumleben.

Er hatte alles schon gehört und gesehen.

»Siebenundfünfzigjährige, Sechzigjährige, Siebzigjäh-
rige, o ja, aber auch Jüngere, fünfunddreißig, dreißig,
einmal sogar eine Neunzehnjährige, neunzehn, stellen
Sie sich das vor! Aber was Sie von mir wollen, also das
ist neu, hätte ich ja nie für möglich gehalten, dass man
mich mal um so was bittet.«

Himmel.

Dreiundsechzig

Das dreiunddreißigste Foto.

Ich stehe, wie immer. Vor dem perlweißen Hintergrund. Das Licht ist gleichzeitig rau und elegant. Ich trage mein grau gefärbtes Haar offen, die Bluse leicht aufgeknöpft, zwei Knöpfe, man sieht die Haut meines Halses, die ein bisschen hängt. Ich versuche, nicht zu lächeln, nur die Lippen ein, zwei Millimeter zu öffnen. Um meinen Mund und meine Augen herum erkennt man kleine Fältchen, zarte Kratzer, feine Rillen, auf meiner Stirn tiefere Exemplare, Nasenlippenfurchen, Marionettenlinien, alles da. Meine Wangen sind ein wenig eingefallen, meine Lider schwerer, unauffällige Tränensäcke verdunkeln die Haut. Winzige rostbraune Flecken spicken meine Hände wie Polsternägel. Meine Oberarme haben an Festigkeit verloren, wirken weich. »Versuch, nicht zu lächeln«, sagt Fabrice zum dreiunddreißigsten Mal. Weil ich das Lächeln nicht unterdrücken kann. Weil ich glücklich bin. Weil ich dreiundsechzig Jahre alt bin. »Du bist schön«, meint der Fotograf, »die Schmerzen, die Freuden, die man endlich auf deinem Gesicht liest, sind wunderschön, Betty, sie erzählen von einer Odyssee. Versuch, nicht zu lächeln.« Klick, Blitz, Sternschnuppen in den Augen, und das Foto ist fertig.

»Es ist großartig, ich glaube, jetzt habe ich alles für mein Buch, danke, Betty, danke.«

Kaum hatte die Immobilienmaklerin das Zu-vermie-ten-Schild ins Schaufenster des Ateliers geklebt, kam auch schon Yvonne angelaufen, die Nachbarin, die ihre Azaleen und den Hibiskus im Hof immer mit viel Liebe pflegte. »Was ist hier los, was ist hier los?« Sie starrte mich fassungslos an. »Sind Sie Bettys Mutter, ist ihr was passiert?« Ich lächelte. »Nein, nein, sie ist bloß umge-zogen, sie wollte ein anderes Leben, das ihr, ihren Träu-men, mehr entspricht.« »Ach, wie schade«, murmelte die Gärtnerin, »schrecklich schade, sie war so nett, und es war schön, jemand Junges hier zu haben, bitte sagen Sie ihr, dass sie von sich hören lassen soll, ja?« »Verspro-chen.« Und ich nahm sie in den Arm, weil ich nicht an-ders konnte, »sie hat mich gebeten, Sie zum Abschied zu drücken.« »Tatsächlich?«, fragte Yvonne, und ihre Augen wurden ganz groß – ein kleines Mädchen im Puppen-laden. »Ja, sie hat Sie sehr gemocht.« Dann ging ich.

An der Gare de Lille-Flandres mietete ich ein leises, bequemes Auto, verließ die Stadt und bog auf die A1 in Richtung Paris. Bach auf Radio Classique, ein Konzert nach Alessandro Marcello, ein betörendes Adagio. Ruhi-ge Kilometer. Ich lächelte wie damals mit achtzehn, als ich alleine dahingeschlendert, in die Straßenbahn gestiegen war, als André mich angesprochen, mich gefragt hatte, warum ich lächelte.

Ich würde meinen Sohn und Saga besuchen, ihnen erklären, dass ich mich verirrt und erst jetzt zurückgefunden hätte. Dass ich seine Maman, nicht seine Cousine sei, dass meine Arme starke, unermüdliche Äste seien, an denen man sich in stürmischen Zeiten festklammern könne. Ich würde meiner Schwiegertochter Tarte Goyère beibringen, Rinderbraten – *der muss blutig sein, Saga, sonst wird er zäh wie eine Schuhsohle* – mit Lorbeer, Thymian, Petersilie und Knoblauch, Spekulatiuskuchen. Ich würde ihnen gestehen, dass ich früher Martine geheißen hätte, dass Betty mein Name als Überlebende sei. Irgendwann würde ich meinem Sohn von seinem Geschwisterchen erzählen, das an einem Freudenabend aus meinem Bauch geglitten war, weil meine Hände es nicht hatten festhalten können, und mit dem ich manchmal noch redete, nachts, ihm von seinem Bruder auf der Erde berichtete. Ich würde eine herzliche, liebevolle Großmutter sein, die weltbeste heiße Schokolade machen und die Größe meiner Enkel am Türstock notieren. Ich erreichte Paris. Die Périphérique. Die Rücksichtslosigkeit mancher Fahrer. Gentilly. Chevilly-Larue. Die hässliche Umgebung. Der schlechte Geschmack mancher Männer. *Ave Maria* von Caccini. Ich würde den Kleinen von meiner Mutter erzählen, dem ockergelben Ford Taunus, dem dumpfen Schlag, dem in einem Moment des reinen Glückes fortgerissenen Körper, der dreißig Meter weiter völlig verrenkt gelandet war, von meinem Wunsch, sie bei mir zu behalten, meiner Ohnmacht, meinem Kummer. Ich würde ihnen von Long John Silver erzählen, und wenn er dann noch am Leben wäre, würde ich ihn zusammen mit ihnen besuchen, um ihnen zu zeigen, von welcher Stärke, welchem Schmerz sie abstammten, ihnen zu beweisen, dass man das Feuer überleben konnte. Ich hielt an, um zu tanken. Einen dünnen Tee zu trinken. Irgendetwas Pappiges zu essen. Dann fuhr ich weiter. Endlose Lastwagenkolonnen. Olivier Bellamy und Michel Legrand, die mit mir im Auto saßen und über ihre *Passion classique* sprachen. Ich sang *Les Moulins de mon cœur* und *Un été 42*, es ging mir gut. Die Sonne verschwand langsam. Die Scheinwerfer der Autos wie Lampions. Schließlich Lyon, Valence. Ausfahrt Avignon Süd. Mir fiel wieder ein, dass ich immer schon mal das Festival im Sommer besuchen wollte, es aber nie getan hatte – es gibt tausend Gründe, sich selbst zu betrügen. Die 7 bei Nacht. Magische Namen. Apt. Jonquerettes. L'Isle-sur-la-Sorgue. Dort mietete ich ein Zimmer im Les Névons und plumpste erschöpft ins Bett. Am nächsten Morgen Frühstück am Flussufer. Eine zeitlose Stunde. Eine hübsche, alte Frau allein im Schatten der Kastanienbäume. Zwei Herren, Engländer, grüßten mich. Danach besichtigte ich das Städtchen, das man auch als Venedig der Provence kennt. Die Wasserräder. Die Kanäle. Die Kirchen und Kapellen. Die Fischer. Ihre seltsamen Boote, genannt Nego Chin, *ertrinkender Hund*, warum auch immer. Und natürlich die Antiquitätenläden. Ich machte mich wieder auf den Weg. Cavaillon. Les Vignères. Und endlich Bonnieux. Ein bemerkenswerter Blick auf den Kleinen Luberon und die Hochplateaus der Monts de Vaucluse im Norden. Es war fast Mittag. Ich musste mehrmals nach dem Weg fragen, um Alain Laurens' Haus zu finden. »Ach, der Bäumling«, rief ein Mann lachend, »wenn er nicht wie ein Affe zwischen den Ästen rumturnt, haha, treffen Sie ihn zu Hause, mit seinen Gesellen, zweite Straße links, direkt am Eisenkreuz, das können Sie gar nicht verfehlen, M'dame.«

Die Männer und Frauen saßen draußen im Garten an einem Tisch im Schatten. Sie unterhielten sich laut, lachten, tranken Rosé, aßen Brot, Käse, Schinken, Obst. Sie hatten die Gesichter glücklicher Menschen, sonnige Augen, große, starke Hände, die Weißesche, Douglasie oder Amboinamaser erfühlen konnten. Langsam trat ich näher, schirmte mir mit den Fingern die Augen ab. Ich zitterte, obwohl es heiß war. Ein Mann deutete auf mich, andere drehten die Köpfe in meine Richtung. Einer erstarrte. Irgendwann schien seine Hand wieder zu erwachen, er legte die Gabel auf den Teller, erhob sich. Er zitterte genauso sehr wie ich. Er machte ein paar Schritte auf mich zu. Hielt an. Noch zwei Schritte. Dann lächelte er. Sein ganzer Körper lächelte. Öffnete sich. Sogar seine traurigen Gene-Kelly-Augen.

Mit dreiundsechzig Jahren fing ich an zu rennen wie eine Verrückte und flog dem Mann meines gesamten Lebens in die Arme.

Das Alter ist ein Triumph.

Dank

An Karina Hocine, unermüdlich.

An Charlotte von Essen.

An Laurent Laffont und Théophile Bignon.

An die gesamte fröhliche Bande aus der Rue Jacob 17.

An Christine Lagarde und ihr traumhaftes Team.

An die Buchhändler und die wunderbaren Begegnungen.

An alle anderen, die mir in den vergangenen Jahren unvorhergesehen und vielleicht sogar unwissentlich Halt, Ermutigung oder einfach heilsame Lachkrämpfe geschenkt haben: Jean-Louis Fournier, Jacques Jolly, Philippe Routier, Didier Decoin, Marie-Castille Mention-Schaar, Frank Andriat, Grégori Baquet, Muriel Huet des Auney, Jean-Marie Bénard, Marc Trévidic, Karen Dennis, Emmanuel Khérad, Amelle Guesmi, Emmanuelle Tabarrini, Philippe Lafitte, Christine Puech, André Bonet, Albéric de Bideran, Hélène Holden, Emmanuelle Hauguel, Michel Élias, Lorraine Fouchet, Magda Malejczyk, Basia Stępień, Serges Bramly (und *Paludes*), Nathalie Chappert-Gaujal, Stéphane Giardina, Audrey Petit, Yves Monnet, Agnès Bureau, Julie und Paul Rozek, Hagop Haytayan (aber ja, es gibt ihn wirklich), Bernard Lehut, Muriel Gandy, Paule Bolduc, Johanne Mongeau, Pauline

Girardin (und Patrick, Frédérique, Marc), Valérie Ganz, Sylvie Le Bihan, Alain Laurens und seine Baumhäuser, Josette Gonzales, Françoise Claverie, Sorj Chalendon, Olivier Bellamy, David Foenkinos, Laurence Sandeau, Jean-François Callens, Jézabel Akriche, Martine Levens, Brigitte Opigez, Catherine Depierre, Amélie Antoine, Gabriel (aus Morges, zwölf Jahre alt), Aldo Naouri, Florence Mas, Valérie Caffier, Pierre Vavasseur, Laurence Gilardi, Amélie Antoine, Clara Dupont-Monod, Raphaëlle Cordier, Jérôme Rehlinger, Rémy Ehlinger, Christelle Massin, Julie Delplace, Amélie Antoine, Élodie Leroy, Catherine Rault, Anne-Marie Revol, Véronique Olmi, Carine Marret, Christelle Massin, Ève Scavo, Corinne Tartare, Anne-Laure Bonnange.

Und an Dana, die alles Schöne unsterblich macht und an deren Seite ich keine Angst mehr vor dem Alter habe.

Grégoire Delacourt
im Atlantik Verlag

Die vier Jahreszeiten des Sommers
Roman
Aus dem Französischen von Claudia Steinitz
192 Seiten, Taschenbuch
ISBN 978-3-455-00207-2

Ein Sommer am Strand in Nordfrankreich: Sonne, Meer, Dünen und Bars. Hier treffen vier ganz unterschiedliche Paare aufeinander, ohne zu wissen, dass ihre Geschichten eng miteinander verwoben sind und ihre Schicksale sich gegenseitig beeinflussen. Bis es während des Feuerwerks zum französischen Nationalfeiertag zu einem dramatischen Höhepunkt kommt. Delacourt hat eine Hommage an die Liebe und an den Sommer geschrieben, die einmal mehr zeigt, dass die großen Gefühle ganz unabhängig von Alter und Lebensphase sind.

Der Dichter der Familie
Roman
Aus dem Französischen von Tobias Scheffel
240 Seiten, Taschenbuch
ISBN 978-3-455-00573-8

Mit sieben Jahren schreibt Édouard sein erstes Gedicht. Wie charmant! Die Familie ist entzückt, von jetzt an steht fest: Édouard ist der Dichter der Familie. Doch die Jahre vergehen, und vergebens versucht er, diesen einen Moment reiner Liebe und Bewunderung wiederaufersten zu lassen. Nichts will ihm gelingen: Er wählt die falsche Frau und muss machtlos zusehen, wie seine Familie zerbricht. Statt Schriftsteller wird er Werbetexter, trotz seiner Erfolge fühlt er sich als Versager. »Schreiben heilt«, hat sein Vater immer gesagt – wird Édouard schließlich die Worte finden, die ihn und seine Liebsten zu heilen vermögen?

Wir sahen nur das Glück
Roman
Aus dem Französischen von Claudia Steinitz
272 Seiten, gebunden
ISBN 978-3-455-60021-6

Wie viel ist ein Mensch wert? Das zu beurteilen ist Antoines Aufgabe als Gutachter einer Versicherung. Als die scheinbar heile Welt des Familienvaters zusammenbricht, muss er über den Wert seines eigenen Lebens nachdenken – und seine Bilanz ist vernichtend: Er hat es nicht geschafft, seinen Kindern ein besserer Vater zu sein, als sein eigener es ihm gewesen ist, hat genauso wenig wie sein Vater um die Liebe seines Lebens gekämpft ... Mitreißend erzählt Grégoire Delacourt von einem Mann, der erst ganz unten ankommen muss, um zu verstehen, dass das Leben lebenswert und echtes Glück möglich ist.

Alle meine Wünsche
Roman
Aus dem Französischen von Claudia Steinitz
160 Seiten, gebunden
ISBN 978-3-455-40384-8

Strickwaren, Hosenknöpfe, Baumwoll- und Elastikspitze oder
Bänder mit Pailletten – darum dreht sich die Welt in Jocelynes
Kurzwarenladen. Darum kreist auch ihr Blog, mit dem sie im-
mer mehr Frauen das Vergnügen des Handarbeitens nahebringt.
Jocelyne hat zwei erwachsene Kinder und ein drittes bei der Ge-
burt verloren, was ihrer Ehe einen zeitweiligen Riss gegeben hat.
Ihr Mann ist alles andere als der erträumte Märchenprinz, doch
Jocelyne liebt auch ihn. Sie ist einfach glücklich mit ihrem be-
scheidenen Leben – bis sie sich von ihren Freundinnen überre-
den lässt, einmal, nur ein einziges Mal Lotto zu spielen.

Im ersten Augenblick
Roman
Aus dem Französischen von Claudia Steinitz
208 Seiten, gebunden
ISBN 978-3-455-60001-8

Arthur ist Automechaniker und liebt Hollywoodfilme. Mit den
Frauen hat er bisher kein Glück gehabt, auch wenn er aussieht
wie der Schauspieler Ryan Gosling, nur besser. Als nun plötzlich die vermeintliche Scarlett Johansson bei ihm einzieht, wird
sein Leben auf den Kopf gestellt. Doch dann gesteht Scarlett ihm,
dass sie eigentlich Jeanine heißt. Längst hat sie sich in Arthur
verliebt. Aber wen liebt er? Jeanine – oder doch Scarlett? Erkennt
er, wer sie wirklich ist, oder sieht er in ihr nur den Filmstar?